新 潮 文 庫

鮨 そのほか

阿 川 弘 之 著

10350

鮨　そのほか　目次

鮨
そのほか

*

花がたみ

風は無く、陽射《ひざ》しは穏かに、見はるかす限り桜満開の広々とした眺めであつた。貴美子さんも、こんな美しいところで眠りにつくのならと思つた。場所柄、花の下に酒盛りしてゐる人々もゐないし、大公園のやうな境内がただ静かで、而《しか》も死の影を感じさせぬくらゐ明るかつた。

地下鉄の車内で分譲墓苑《ぼえん》の大きな広告を見る度、何だか胡散《うさん》くさい気がし、此《こ》の冨士霊園《じ》に対しても私はずつと偏見を抱いてゐた。殊《こと》に、例の「文学者の墓」があるのが此処《ここ》だと聞いてから余計いやになり、長年全く無縁のまま過して来た。文士は本来一人々々、超俗孤高の平素の姿勢が贋《にせ》ものでないなら、嫌はれようと唾《つば》吐きかけられようと、独立して自分は自分、死後文壇の共同墓地に仲よく一緒に葬《はうむ》られたいなどと、考へること自体をかしくないか。昔、福田恆存《つねあり》さんが「文學界」に悪口を書いたのを覚えてゐる。もし「国会議員の墓」でも出来たら、衆に先んじて嘲笑《ちようしよう》しさうな文壇人たちが、「文学者の墓」とは何といふ特権意識だらう、相互扶助のつもりかも知れないが、靴屋の組合で「靴屋の墓」を建てた話なぞ聞いたことが無いと——。その論旨に私は賛成で、墓所が手に入りにくければ、自分の骨灰は海へ捨ててしまふくらゐの才覚を、生きてゐるうちに自分でめぐらせておくがいいと思つてゐた。

此の考へに変りは無いけれど、貴美子さんの納骨を機会に初めて冨士霊園へ来て、「偏見」が少々改まつた。此処の墓標墓石には、曾《かつ》て明治大正の顕官が位階勲等を誇示した悪趣味の標本のやうな大袈裟《おほげさ》なものがあまり無いらしい。青山墓地多磨墓地の景観よりよほどましで、開園してどのくらゐ年月が経《た》つのか、桜の木々は見事な大樹に成長し、春の弥生《やよひ》の午《ひる》さがり、清掃の行きとどいた広大な敷地の諸処へ静かに花びらを散らせてゐる。要するに、中々いいところなのだ。

実は彼女の遺骨も、調布バプテスト・テンプルの「天に召された兄弟姉妹たち」と共に、此の日、丘の斜面に新しく建つたチャペル風の共同納骨所へ納められる。さういふ時代なのかとも思つた。彼女の夫君文《ぶん》さんを初め遺児親族、よその信者遺族たちと並んで、式が始まるのを待つた。

安場貴美子、享年《きようねん》五十二歳、志賀直哉《しがなほや》の末娘、先生の作品に則して言へば短篇「末つ児《こ》」のモデル、別名志賀家のおすたさん。先生夫妻が生前あれだけ慈《いつく》しんでゐた

「末つ児」が、何故不慮の災厄でこんなことになつてしまつたか、考へると私は、突如妙な独り言を言ひ出したりするのだが、牧師の祈りや会衆の讃美歌合唱《さんびかがつしやう》を聞きながら、納骨式の間はむろん黙々と神妙にしてゐた。

色んなことを思ひ出した。どちらかと言ふと、をかしなことばかり思ひ出した。あれは、志賀一家三人、熱海《あたみ》の山荘住まひを打ち切つて渋谷常磐松《ときはまつ》の家へ引越して来る前年だから、昭和二十九年の、多分十一月頃だ。志賀先生が伝染経路不明のトラホームに罹《かか》つて、熱海海岸通りの女の眼医者へ日参するのだけれど、ちつとも快《よ》くならず、癇癪《かんしやく》の矛先の向け場が無いまま、不愉快を我慢して暮してゐたことがある。バーナード・リーチの展覧会兼送別会があつて東京へ出て来る時にも、別の意味で「先生」と呼ばれさうな、濃い緑色のサングラスを掛けて出て来られた。

トラホームは、治り切らないだけでなく、祖父母の手で養育中の翠《みどり》ちやん薫《かをる》ちやんといふ孫娘二人にうつり、貴美子さんにうつり、手伝ひの女性にも感染した。私は全集編纂《へんさん》の仕事があつて、始終稲村大洞台《おほほらだい》の山荘を訪れてゐたが、ある日、熱海市内に住む広津和郎《ひろつかずを》さん御夫妻ら何人かが来合せ、麻雀《マージヤン》が始まつた。軽く何回かすませて辞去することにし、急坂を下る道々、広津さんから、

「君、お互ひ志賀さんが好きだけどネ、トラホームはいけないよ。志賀さんのトラホームを好きになるといふわけに行かないんでネ。うちへ行つてよく手を洗はうよ」と、苦笑気味に麻雀続行のお誘ひを受けた。その時の広津さんが満で六十三歳、今の私よりずつと若く、みんな本当に若かつたなあと思ふ。

眼病が一番早く快方に向つたのは貴美子さん、医者通ひを一番いやがつたのが小学校一年の薫ちやんであつた。一緒に行ける日は、先生が、我儘《わがまま》言ふなと孫娘の頭を叩《たた》いて引つ張つてでも連れて出た。幼い彼女たちの母親、先生の長女留女子さんは、函《かん》南《なみ》の病院で療養生活をしてゐた。

又のある日、熱海の町へ買物に行く貴美子さんに、薫の学校がすむのを見計つて、薫を引き取り、必ず医者へ寄つて治療をして貰《もら》つてから帰つて来いと先生が命じた。それを、娘と孫が二人二た様のやり方で無視した為、溜《たま》りに溜つてゐた志賀直哉持ち前の癇癪が爆発した。

貴美子さんは父親の言ひつけ通り、放課時刻に学校へ寄つたのだが、居残りの遊戯か勉強かがあつて未《ま》だ暫《しばら》く帰れないと分つたのださうである。「ぢやあ私、映画見て来る」と、彼女が「恐怖の報酬」上映中の映画館へ行つてしまつたから、姪《めひ》の小娘の方はこれ幸ひと、そのあと眼医者をすつぽかして叔母より早くバスで大洞台へ帰つて来た。

熱海湯河原のあちこちに、志賀先生が「僕のバールフレンド」と名づけた五十六十年輩の御婦人連中がゐた。その内の二人、広津はま夫人と米山謙治夫人の文子さんとが、ちやうど此の時、山荘で志賀夫妻と談笑中であつた。

帰宅した孫の報告で事情が分り、

「薫もよくない。だけどそりやあ一番いけないのは貴美子だ。帰つたらうんと取つちめてやる」

怒り出した先生を、不沈戦艦と綽名《あだな》のある米山文子夫人がなだめにかかつた。

「あの映画、わたくしも見ましたけど、刺戟《しげき》の強い恐ろしい映画で、貴美子さんはきつと、暗い気持になつて帰つていらつしやると思ひます。どうか、あまりきついこと仰有《おつしや》つたりなさらないやうに」

「いや、それならそれで、さういふ時の方が効果がある。余計言つてやらう」

志賀夫人は、怯《おび》えてゐる孫をかばつて口を出した。

「薫も、悪うございましたと謝つてをりますことよ。あしたからお祖父《ぢい》ちやまの言ひつけを守つて、ちやんとお医者様へ行くと申してをりますから」

これで、先生が一層いきり立つた。

「口答へするな。口答へと弁解はよせ」

言葉だけではまどろつこしいとばかりに、志賀直哉の足がテーブルの下で、しきりと康子《さだこ》夫人の脛《すね》を蹴《け》つてゐた。

「大体お前一人、トラホームがうつらないもんだからさういふことを言ふんだ。此の不愉快が少し分るやうに、お前にもトラホームうつしてやる」

「いいえ。わたくしは大丈夫よ。家族の病気がうつつたこと、滅多にございませんもの」

「それぢやあ、夜寐《ね》てる間に、俺のまぶたをお前の眼へこすりつけてでもうつして見せる」

はらはらしながら成り行きを見守つてゐた広津夫人と米山夫人は、此処まで来てたうとう笑ひ出した。

その場に私はゐなかつたのだけれど、あとで広津米山両夫人から詳しく話を聞かされて、情景が手に取るやうに分つた。「恐怖の報酬」を見て遅く帰つて来た貴美子さんがどうなつたかも、すぐ想像がついた。その時分、先生の怒りは大分もう鎮静してゐたはずだし、貴美子さんの方は、少々叱《しか》られても結構けろッとしてゐたに違ひないのである。

結局、家族皆にやかましく言ひつづけた末、トラホームの治癒が最後になつたのが志賀先生、康子夫人にはうつらずじまひであつた。

稲村大洞台の山荘は、熱海と湯河原を結ぶ崖上《がけうへ》のバス道路の、その又崖の上に建つてゐる。眼下に青い海、正面遠く初島、晴れた日にはさらに遠く、伊豆《いず》大島の噴煙が見える。選集や全集の仕事旁《かたがた》と行つて、泊れと言はれれば泊つて、ゆつくり先生の昔話を聞くのを、私は楽しみにしてゐた。ただし、若い話し相手となると貴美子さん以外誰もゐない。兄も姉たちも結婚して別に一家を持つてをり、此の山荘には、孫を預つてゐた一時期を別として、七年間、先生老夫妻と末婚の末娘貴美子さんの三人だけであつた。難しい文学論など始める客があると、私は台所の方へ難を避けて、専《もつぱ》ら奥さんや貴美子さんとの雑談で時を過ごした。此のお嬢さんの人柄が好きだつたからだが、それが、「恋に似たもの」といふ風には一度もならなかつた。先生が貴美子さんを連れて熱海の映画館へ出かけるのに、何度かお供をしたことがある。さういふ時先生は、必ず三つの席のまん中に坐り、若い私たち二人を暗がりの中で決して隣り合せにしなかつた。先生の雄雞《をんどり》ぶりがをかしく、「大丈夫ですから」、ちよつとさう言つてみたい気がせぬでもなかつたが、「大丈夫」を強調しすぎるのは失礼にあたるだらうし、本質的には大丈夫でない人間なのだし、実際にそんなことを口に出来るものではなかつた。

では、先生令嬢に対するプラトニックな親愛感抜きで語るとして、どこがどんな風に好きだつたのかと聞かれれば、やはり、彼女が志賀家のおすたさんで、何となくユーモラスで、父親尊敬の念は持ちながら、案外志賀直哉を志賀直哉とも思はぬ小気味のいいところがあつたからとしか答へやうが無い。

天皇家の末つ児清宮貴子《すがのみやたかこ》さんが、「私の選んだ人を見て下さい」といふ名台詞《めいぜりふ》を残して島津家へ嫁ぐのは、もう少しあとだが、他の内親王方とちがふ戦後派風のお姫さまぶりは、「おすたさん」の愛称と共に、確かその頃からちよいちよいジャーナリズムを賑《にぎ》はせてゐた。それを読んだ先生のバールフレンドたちや私どもの間で、さう言へば成る程、貴美子さんは志賀家のおすたさんだといふのが、いつとは無く定評になつてしまつた。

味にうるさい志賀先生も、台所方を手伝つてゐる末娘にかかると、

「バターとチーズをたつぷり入れときさへすれば、ウンこれは美味《うま》い、よく出来たつて仰有るんだから」

と批判の対象にされた。大体、幼い姪を医者へ連れて行くべきところを、父親とは

言へあの痼癖持ちの志賀直哉の言ひつけを無視して、映画に切り替へてしまふ大胆不敵さなど、彼女の四人の姉さんたちでは先《ま》づ考へられないことであつた。

やがて、貴美子さんに縁談がおこつた。幾つかあつた。当人同士二人だけで話し合つてみようとすると、お父ちやまが突然邪魔なさるのよといふやうな、多少身の上相談風の話を聞かされた記憶もあるが、トラホーム騒ぎから三年ばかり後、彼女の兄直吉さんの学習院時代の友人、ＡＰ通信社勤務の安場保文、のちの通称文《ぶん》さんとの間に話がまとまつて挙式の運びとなつた。披露宴に、私は招かれなかつた。

新婚当初の彼女は、里の母親が恋しくて、何彼《なにか》につけ志賀康子夫人のことを話題にしてゐたらしい。

「さうしたら文が何と言つたとお思ひになる。そんなに恋しきや梅干見てりやいいぢやないかつて。極端な無口だけど、時々とんでもないひどいこと言ふわよ」

その文さんと、岩波書店勤務の直吉さんと私の三人は、間も無く渋谷の志賀家における飲み友達といふやうな関係になつた。飲めない先生を前に置いて、直吉さんと私とは段々饒舌《じようぜつ》になつて来るが、文さんはしやべらない。黙つてにこにこと、ただウィスキーのグラスを重ねてゐるだけだけれど、確かに時たまひどいことを言つた。

海軍に縁の深い家系で、母方の祖父は、大正中期「片眼の聯合《れんごう》艦隊司令長官」として名高かつた栃内曾次郎《とちないそうじろう》大将、父君は第二次大戦中艦政本部に勤務した安場保雄中将である。

「おやぢが阿川さんのお作を拝見したつて言つてました」

「へえ。それで安場提督は何か感想を洩《も》らされましたか」

「え？　色々書いてるがありや贋海軍」

文さんに対し、内心こん畜生と思ふけれど、予備学生出身、臨時雇ひの贋海軍にはちがひなく、つい笑はされてしまふといふところがあつた。

夫婦仲は円満だつたやうで、女の子が生れ、次に男の子が生れ、その子供たちも追ひ追ひ成人し、——我が心の中の貴美子さんは、いつまで経つても、海の見える熱海の山荘にゐた十七、八かせいぜいはたちの、若く美しい利《き》かん気娘だが、現実の歳月はこちらの思ひと無関係に、驚くべき速さで流れ去つた。広津さん夫妻が亡《な》くなり、志賀先生も亡くなり、先生歿後《ぼつご》八年目、「信じられないな、おい。安場夫婦のとこ、あと三年すると銀婚式だつて」といふ年の秋、彼女がちよつとした咽《のど》の手術を受けることになつた。甲状腺《こうじようせん》に軽度の異常があるとの診断で、一種の更年期障害だつたかも知れない。青山のI病院はその方面専門の病院だし、「はい、次の方」といふ程度の簡単な手術だと聞いて、誰も格別の心配をしなかつた。

偶《たま》と《たま》、数へ齢《どし》九十歳の康子未亡人が「老人性貧血」治療の為虎《とら》の門《もん》へ入院する騒ぎとかさなり、周りが心配してゐるのはそちらの方であつた。

「どうせ私んとこへはどなたも来て下さらないんでしよ。いいわよ」

貴美子さんはわざとひがんで見せ、二、三日もしたら退院出来るつもりの軽い気持で家を出て行つた。

手術の失敗か、手術のあとの看護不充分か、はつきりしたことは分らない。病人が咽に何かつまらせて苦しがつてると、附き添ひの報告を聞いて、夜直の医者が病室へ駈《か》けつけるまでに、数分間の空白があつたらしい。つまらせた物が痰《たん》だつたか血のかたまりだつたか、それもよく分らないが、附き添ひ婦の耳にした「咽が苦しい」といふ一と言を最後に、彼女は口のきけない植物人間になつてしまつた。

康子夫人の「老人性貧血」は、実のところ骨髄性白血病で、あと半年足らずの運命と分つてゐたのだけれど、母親より先に娘の方が、此の世の人ではない状態に陥つた。アメリカなら即座に訴訟を起すところだらうが、別の大病院へ移して、費用全額I病院が持つて、極力意識の恢復《かいふく》に努めてみるとの条件の下に、妥協が成立した。

二度、私は見舞ひに行つた。二度目の時、変り果てた姿の貴美子さんが、鼻に何か器具を差し込まれたまま、不気味なくらゐ眼を大きく見開いてぢつと私の方を見てゐた。病室には誰もゐなかつた。もしかして今の今、突然意識が戻つたのではないかと思ひ、大声で繰返し名前を呼んでみたが、何の反応も無かつた。それきり私は、病院行きをやめた。

翌年一月、康子夫人が亡くなつた。末娘がかういふ状態にあるといふことは、一切知らせずに押し通した。

「貴美子はちつとも来てくれないわね」

と、初めのうち度々口にしてゐた夫人が、勘づいたのか諦《あきら》めたのか、最後の頃はそれを言はれなくなつたさうだ。

そのあと貴美子さんは、母親を失つたのも知らず、尚《なほ》四年八ヶ月、病床に横たはつたまま生きてゐた。私の家内の話では、おなかが張ると苦しさうな表情をなさる、便通があるとそれがすうッと安らかになる、苦しいことは苦しいと分るんですと、看護婦が言つてゐたさうだ。それなら、夫や子供たちと楽しかつた日々の思ひ出や、娘時代熱海山荘でのなつかしい記憶が、夢幻の如《ごと》く脳裡《のうり》に浮かぶこともあるのかどうか、生理的な苦痛しか感じない真実植物に近い存在として、ただ呼吸し、管から栄養を摂《と》り、排泄《はいせつ》してゐただけなのか、私の知識では判断がつかなかつた。

昭和五十九年の九月、「貴美子がたうとう亡くなつたもんで」と、直吉さんから電話の報《し》らせがあつた。それでもういい、誰の為にも却《かへ》つてよかつたといふ気がした。ただ、葬儀はどうなさると聞くと、調布のキリスト教会バプテスト・テンプルの信者仲間たちが自宅へ来てすべてやつてくれる、実は数年前からさういふ取り決めになつてをりましてと文さんが告白したとのことで、直吉さんも私も初耳、これにはびつくりした。

私の家へ来る中年の手伝ひが、ある時文さんを見て、「奥さん、何てまあいい男」と嘆声を挙げたほどの美丈夫だし、独身時代は中々プレイボーイだつたとの噂《うはさ》もあるし、その人が信仰の道へ入つてゐようとは想像もしてゐなかつた。驚くと同時に、さうか、文さんの胸中察して余りありだなと思つた。身内でない私ですら、何故あの時期に必ずしも必要でない甲状腺の手術などしたのか、誰の不注意でこんな理不尽なことが起つたのかと、つくづく悔みたくなる日があつたくらゐだから、持つて行き場の無い夫の怒りと嘆きは大変なものであつたらう。例の通り「無口の文」は、葬式の段取りが決つても、詳しい説明をしてくれない為、入信の経緯はよく分らないけれど、信仰によつて漸《やうや》く救はれたに違ひなかつた。

しかし、貴美子さん自身は調布のバプテスト・テンプルなぞ知らなかつたし、クリスチャンでもなかつた。亡くなつて半年後、桜の花満開の納骨式のその日、今後一緒に眠る「兄弟姉妹たち」は、彼女にとつて初対面の人々といふことになるなあ、さう思つた。志賀家の墓は青山にある。貴美子さん一人、遠い富士の裾《すその》野へ残して去るのがちよつと可哀《かはい》さうなやうな気がした。

最後の讃美歌斉唱があつて式が終つた。共同納骨堂の扉が閉ぢられて鍵《かぎ》がかかつた。牧師や信徒たちとあとの打ち合せがあるらしい安場一家に別れを告げ、我々一行は一と足先に、「文学者の墓」の横を通るゆるい坂道を、車の駐《と》めてある場所の方へ下り始めた。長姉の留女子さんが、私と似た思ひらしく、背を丸くして小刻みに歩きながら、

「天のお父さま天のお父さまと仰有いますけど、うちのお父さまの方はどうなるんでせうねえ」

と言つた。聞いたみんなが笑つた。

富士スピードウェイ帰りの車と一緒になつて猛烈な渋滞に捲《ま》きこまれ、夜ずゐぶん遅く横浜のわが家へたどり着いた。

それから早くも三年経つ。Gone are the days when my heart was young and gay. 若くすこやかな月日の過ぎ行くのは本当に速かつた。東洋のものなら「洛陽《らくよう》城東桃李《とうり》

花」で始まる有名な唐の古詩を思ひ出す。今年も桜の開く頃、冨士霊園でイースターの墓前集会が行はれるからよろしかつたらどうぞと、文さんに誘はれてゐるのだが、旅に出る予定があつて私は参列出来ない。だけど貴美子さん、あなた、私どもの心の中に、四十七歳で入院したあの日の姿以上、もう老いることなく、齢をとらずに留まつてゐるのだから、会ひに行けなくてもまあいいよねと、さう語りかけたい心境だけれど、語りかけても一切空、実のところは意味が無い。

（「新潮」昭和六十三年五月号）

鮨《すし》

発車のベルが鳴り始めた。見送りに来た主催者側の人が、あらためてセミナー参加の礼を述べ、

「これは車中の、ほんのお弁当代りですが」

と、紙袋を差し出した。彼は一瞬困つた気持になつたが、止《や》むを得ないと思ひ、

「そりやどうも有難う」、さう言つて紙袋を受け取り、特急の車内へ入つた。

広いガラス窓越しに顔を見合せてゐる一分足らずの、気づまりな時間が過ぎて、列車が動き出した。窓の向ふでお辞儀をする。こちらでもお辞儀をする。双方の間隔がすうッといふ感じで広がつて行き、人のよささうな見送り人の姿は見えなくなつた。

あちら側の心くばりはよく分る。此《こ》の町から終着上野まで、三時間と少々、途中秋の日が暮れ、夕飯時が過ぎるのに、特急は食堂車を連結してゐない。だから、討論会終了後の宴席を辞退した彼の為に、なにがしかの食べ物を用意してくれたのだ。厚意

謝するに余りあり、嘘《うそ》の礼を言つたつもりは無いけれど、飲まず食はずで帰るのは彼の勝手であつて、東京帰着後、人と遅めの夕食の約束がある。したがつて、此の「お弁当代り」なる物を、実のところ持て余す。四十何年前の、餓《う》ゑて苦しくあさましかつた時代の記憶が残つてゐて、無駄にしてしまへばいいとは思はない。

——「一体何をくれたのかな」、座席をうしろへ倒し、雑誌を拾ひ読みしながら、彼は考へた。多少腹が空いてゐないでもなかつた。一旦《いったん》上の棚へ上げた紙袋を下ろし、中身を取り出してみた。鮨《すし》であつた。

細い胡瓜《きうり》巻き、干瓢《かんぴよう》巻き、紫蘇《しそ》巻き、大きな玉子巻き、中に色々具の入つた所謂《いはゆる》巻寿司、それが四角なへぎ折の内にきちんと納つてゐて、巻き立てらしく、海苔《のり》の香りとかすかな酢の匂《にほ》ひがし、米粒の艶《つや》もつやつやと、食ひ気を誘つた。蓋《ふた》をあけたまま思案してゐた彼は、「よし、一つだけ。人の好意だ」、自分にさう言ひ聞かせた。添附の短い割箸《わりばし》を使ふまでもない。一番好物の太巻の海苔巻きを、手でつまんで口に入れた。見た眼ほど美味《うま》くなかつたが、それより何より、呑《の》みこんだあとすぐ、彼は自分のいやしんぼを後悔した。残りをどうするのか——。

美味くても不味《まづ》くても、これ以上食ふわけには行かない。列車の中で巻寿司を大分つまんだもんですからと、晩餐《ばんさん》の席へ気乗りのせぬ顔を出すのは、待つてくれてゐる先方に対し無礼であらう。結局、包み直して家へ持つて帰るより仕方が無いが、持ち帰つての結果は大概分つてゐた。帰宅が多分十一時過ぎ、今夜はもう、誰も食はない。あすお昼にでもいただきませうと言ふのは口先だけで、翌日、少しかたくなつた鮨は、家族全員から無視される。殆《ほとん》ど手つかずのまま、冷蔵庫の中で三、四日滞留の末生ごみと一緒に捨てられるのが落ちだ。食糧の豊かになる時代まで生きて亡《な》くなつた彼の老母は、晩年、物がさういふ風に始末されるのを見ると、「今にドバチがあたる」と言つた。神罰仏罰は信じないけれど、彼も、食ひ余しの処置はひどく気になる方であつた。その自分が、「全く、どうして一つだけと思つて手を出すか。鮨の色香に迷ふとは」と、独り苦笑した。貰《もら》つたままの折包みなら、紙袋ごと乗務員室へ持つて行つて、「車掌さん、失礼だけど」と事情を話し、受け取つてもらふことも出来たかも知れない。一つ食つたあとではそれも駄目だ。

窓外が暮れて来た。列車は南へ南へと走つてゐる。月は出てゐないらしく、森も畑も人家も、やがて皆宵闇《よひやみ》に包まれて、窓ガラスが鏡になつた。そこへ映る自分の背広ネクタイ姿と向き合つて、彼はとつおいつ、残りの鮨を如何《いか》にすべきか考へつづけた。そんなに苦に病むくらゐなら、いつそデッキへ持つて出て、屑物《くづもの》入れに叩《たた》き込んで忘れてしまはうかと思ふ。確かに、それが一番すつきりする方法で、あとの荷厄介も無くなるし、帰宅後冷蔵庫をめぐる些細《ささい》な家庭口論の火種も残さない。一度それに決めかけたが、いやいやと、又思ひ直した。誰が見てゐるわけでもないけれど、人の心づくしの食物を土足にかけるやうなことは、やつぱりやつちやいかん——。

その時彼の頭に、此の列車の終着駅は上野だといふ事実と、上野駅の地下道にいつも何人か屯《たむ》ろしてゐる浮浪者の姿とが浮かんだ。あの連中の一人に食つてもらふといふのはどうだらう。ひつかかるとすれば、車掌に渡せない食べ残しを、浮浪者にならば渡していいか、その一点だが、いいやうな気もする。こちらに、蔑《さげす》む気持恵む気持さへ無ければ、構はないのではないか。

彼は、上野で地下鉄を下りる度見かける浮浪者たちに、かねてからある種の関心を抱いてゐた。親愛の念、羨望《せんぼう》の念と表現すると偽りになるけれど、多少それに近い気持の混つた関心乃至《ないし》興味である。十年ほど前、浮浪者の出て来る冒険小説を読んで、それ以来だ。筋の詳細は忘れたが、何でも、横浜山下公園のベンチに寝てゐる浮浪者が、実は世を忍ばねばならぬ来歴の男で、唐手柔道の高い段位を持つてをり、暴走族から非道の仕打ちを受けるや、俄然《がぜん》立ち上つて大活劇を演じ、若者どもを散々にこらしめてみせる。小気味がよかつたので、読後、むろんこれは作り話に決つてるけど、実際にかういふ奴《やつ》がゐる可能性もあるのかと、元新聞記者の友人に尋ねたら、「ある」

と言はれた。それなら尚《なほ》のことだが、何故彼らはああいふ生活に固執する？　働き手不足の今の世の中、肉体的に少しきついのだけ我慢すれば、仕事はいくらでも見つかるだらう、小ざつぱりした衣服と安眠の出来る寝場所ぐらゐすぐ手に入るはずぢやないかと、重ねて尋ねる彼に、

「連中が何より欲しいのは、自由なんだ」友人はさう説明した。「不潔で動作は鈍くて、惚《ほう》けてゐるやうに見えるし、事実、相当に痴《し》れ惚けてゐる。冬なんか凍死の危険もあるんだが、彼ら自身はあれで結構満足してて、割合倖《しあは》せらしい。家族友人の縁を断ち、親分子分の関係とか、持ちつ持たれつの人間関係を一切捨ててしまふことによつて、何物にも拘束されない絶対の自由を得てるんだから……。唐手の高段者だつてゐるかも知れないし、調べてみると、世間で相当な地位を占めてゐた人が見つかるやうだよ」

博物館勤務の知人からも、上野の浮浪者について聞かされたことがある。東京国立博物館の裏庭は、もと寛永寺の寺領で、鬱蒼《うつそう》たる大樹が池をめぐつて生ひ繁《しげ》り、木の間がくれに幾棟か、由緒《ゆいしよ》ある古い茶室が点在してゐる。それらの茶室が、予算のつかぬまま、修復不能管理不充分の状態で荒れるに委《まか》せてあつた頃、見廻つてみると、時々浮浪者が上りこんで寝てゐたといふ。

「塀を乗り越えて入つて来るんです。床下で焚火《たきび》をして火事を出されるのが一番怖いものですから」

と、その都度どうやら追ひ立てたらしい口ぶりで知人は話した。責任者ならそれが当然の措置だらうが、彼の方は、茶室の浮浪者に樽《たる》の中のディオゲネスを聯想《れんそう》し、ちよつと親しみに似たものを感じた。河村瑞賢《ずいけん》とか小堀遠州とかにゆかりの、朽ちかけた古い数寄屋《すきや》で、垢《あか》だらけの浮浪人が、月光を浴びながら一夜の宿りをしてゐる光景は、墨絵の寒山拾得《かんざんじつとく》のやうでもあり、もしその男が、以前俊秀を以て聞えた数学者か天文学者か、名ある美術商だつたりしたら面白いだらうなと、無責任な空想もめぐらせた。

——やはりさうしようと、彼の心は博物館の茶室から只今現在の特急車の中へ戻つた。食ひ残しの鮨を飄々《ひようひよう》と始末してくれさうな適役は、やはりあの連中しかゐない。ごく自然に近づいて行つて、一と言わけを話し、折詰を手渡したらさッと消えてしまはう。だけど、慌《あわ》てるな。何も悪いことをするわけぢやないんだ。見下《みくだ》す気持があつてはいけないが、寒山拾得の前へ出た俗吏のやうに、卑屈になる必要は無い。

それにしても、と思ふ。「何物からも拘束されない絶対の自由」などといふものが、本当に存在するだらうか。友人の元記者があんな風に断定したから、ついつい信じてしまひ、以来、浮浪者たちを老荘思想の体現者かの如《ごと》く、少し美化し過ぎてゐるのではないか。とにかく、自分自身について言へば、自由を欲しながら、「絶対の自由」とは程遠いところで七十年間生きて来た。幼にして、したい事をしようとすれば、常に誰かの眼が光つてゐた。長じて校規学則、軍隊の規範軍律、結婚して女房の眼、所謂自由業を志したにも拘《かかは》らず、口うるさい友人同業者、電話、手紙、仕事の上の約定、世間とのつき合ひ、成人した子供らへの遠慮、ありとあらゆる浮世のしがらみに縛られ通しだつたと、今更どう致しやうもない悔を感じる。窓の鏡が彼のネクタイを映してゐるが、早い話、此の朱色の布切れ一つだつて、けふのやうな人前へ出る時、何故頸《くび》に巻いてゐなくてはならぬか、突きつめてみれば、どんな必然性もありはしない。国の伝統風俗ですらない俗世間の慣習に制約されて、自分がそこから逸脱出来ないだけのことだ。

なるほど。ネクタイつけた浮浪者といふのはゐない。彼らはやつぱり、身辺からネクタイに類する物すべてを捨て去つた真に自由の境涯なのかも知れない。よろしい。上野地下道の自由人たちが、通りすがりの不自由人の呉れようとする一簞《いつたん》の食《し》に、どのやうな反応を示すか、見てやらうぢやないかと思つた。

考へられる場面がいくつかあつた。先《ま》づ、「貰つてやるからその辺に置いときな」

と、見向きもされない場合。その時、むッとなるやうなら、初めから落第で、余計なことをしない方がいい。しかし、彼の動機は親切心ではない。相手が突慳貪《つつけんどん》だからと不愉快を感じることはないだらう。「あいよ」と、こちらも見返らずに立ち去れて、むしろ一番安気な成行きである。

次は相手が酔つてゐた場合。朝のうちから焼酎《しようちゆう》や罐入《かんい》りの日本酒をちびちびやつてゐる浮浪者を、何度か見かけた記憶がある。

「いよう。それぢやお前、ちよつと此処《ここ》へ坐《すわ》れ。俺がその鮨食ふから、お前も此のチュウ、一杯だけ飲め」

これは困る。現実のディオゲネスと酒盛りはいやだ。どうやつて逃げ出すか。「人に食ひ残し食はせて、こつちの飲み残しは飲めないつて言ふのかよオ」、もしさういふ風にからまれたらと想像して、ちよつと彼は顔をしかめた。

たとひ酔つてゐなくとも、剣突を食はされる場合もあり得る。

「そんな物、要らないよ。俺たちは乞食《こじき》ぢやないんだ」

どうしたどうした、お前此のおつさんに馬鹿《ばか》にされたかと、仲間が声高に寄つて来て、彼は浮浪者の群に囲まれてしまひ、おまけに地下鉄乗降の野次馬で人だかりが出来上る。引つ込みもつかないし、弁解するのも癪《しやく》だし、これは最悪のケースだ。まあ、そこまで悪い方に考へなくても大抵大丈夫だらうが、心配なら方針変更、元へ戻して徒然草《つれづれぐさ》の故知に従はうか。

「しやせまし、せずやあらましと思ふ事は、おほやうは、せぬはよきなり」

尊きひじりの言として、兼好法師がさう書き残してゐる。しかし、徒然流で行くとすれば、結局「ドバチ」のあたるやうなことをやらざるを得ない。

列車は大宮を過ぎ、浦和、川口を過ぎ、荒川を渡つて、上野へ近づいてゐた。

彼の郷里から近い瀬戸内海大三島の、大山祇《おほやまづみ》神社の神事に、一人相撲といふものがある。神事に奉仕する家は、代々決つてゐて、世襲の力士と世襲の行司とが、大相撲にそつくりの土俵を「残つた残つた」でつとめるのだが、取る相手は神様だから、どうしても人間の方が負ける。神様といつても、神社の祭神ではなく、稲の精霊ださうだが、行司の軍配さばきよろしく大きな力士が精霊と取り組み、技をつくして結局勝てない土俵上の名演技に、島の観客衆が沸くのだといふ。彼は見たことが無いが、兼好法師の時代すでに神社の記録に出てゐる行事の由《よし》で、少くとも七、八百年つづいて来たそれが、最後の力士役老いて九十何歳、後継者が見つからず、近く絶えると聞いてゐる。それを思ひ出した。要するに、頭の中で浮浪者と一人相撲を取つてゐた為、暮れたあと二時間余の車中、ちつとも退屈しなかつた。

列車が上野駅のフォームへ入つた。鮨は使はなかつた割箸とお手ふきとを添へて、包み直してあつた。左手に書類鞄《かばん》、右手に鮨の紙袋を提げて、彼は収札口を出、地下鉄の方へ向つた。時計を見た。彼が上野を通るのは、いつも大体昼前後で、夜の此の時刻に浮浪者がゐるかどうか、確信は無い。ゐてくれなければいいやうな気が、ちよつとした、その際は、天下晴れて、駅の屑箱へ鮨折を投げこんでしまふ。

地下道が見えて来た。四人ゐた。二人は新聞紙を敷いて、段ボール箱の切れつぱしを掛蒲団《かけぶとん》代りに、丸くなつて寝てゐる。漏水か彼らの小便か、壁沿ひの溝《みぞ》のあたりが濡《ぬ》れてゐた。あとの二人は、立て膝《ひざ》をして坐つてゐるが、通行人に対しては全く関心が無いやうであつた。一番手前の、薄汚い紺のジャンパーを羽織つた男の前で、彼は立ち止つた。

「あの」

スポーツ新聞を読んでゐたその浮浪者が、何とも言へぬどす黒い顔を上げて、彼の方を見た。蓬髪《ほうはつ》で、前歯が欠けてゐて、両方の犬歯だけのぞかせ、「何ですか」といふやうな表情をした。鬼形《きぎょう》の面か山姥《やまんば》の絵にそつくりの顔だと思つた。彼は手短かに事情を話し、よかつたら食つてくれないかといふ意味の二た言三言、早口で言つて、紙袋を持ち上げて見せた。思ひがけないことに、浮浪者は立ち上つた。ただ立ち上つ

ただけでなく、きちんと、不動の姿勢に近い姿勢をとつた。それから、身体を斜め前へ倒して一礼し、

「戴《いただ》きます。有難うございます」

と、両手を差し出して、呆気《あつけ》に取られてゐる彼の手から、鮨の袋を受け取つた。列車の中で想像したどの場面とも、全くちがふことを浮浪者にやられた。誰かが此の光景を見てゐるかも知れないと思ふと、彼は羞《はづか》しいやうな気持になり、「それぢや」とだけ言ひ残して、踵《きびす》を返し、銀座線の切符売り場の方へ、急ぎ足で立ち去つた。

地下鉄は空いてゐた。隅の席へ独り腰掛けたら、漸《やうや》く心が落ち着いて、胸に、ある爽《さはや》かな感じが湧《わ》いて来た。苦になつてゐた物を無事始末出来たといふ解放感だけではなかつた。


「その浮浪者の人、やつぱり兵隊さんだつたんでせうね」

「いや、それは分らない。歯が欠けてるから老《ふ》けて見えたけど、くしやくしやの髪に白毛はあまり無かつたやうな気がする。見かけより若くて、多分軍隊経験なんか持つてゐないと思ふんだが、そいつが、『起立、礼』といふ、昔の男なら必ず一度は躾《しつ》けられた作法通りのお辞儀をして、『戴きます』を言ふので驚いたんだ」

「ジーンと来たんぢやないの」

「まあさうだ。小野田少尉がフィリッピンのジャングルの中から三十年ぶりに出て来て、マルコス大統領に、ぼろぼろの見すぼらしい軍服姿で降伏武装解除の謁見《えつけん》をする時、ぴしいッと、旧陸軍式の折目正しい敬礼をした。テレビであれを見た時も俺は、俺だけぢやない、大勢の人が不思議な感動を覚えたはずだ。それは、日本人がとつくの昔に忘れてしまつたものを見せられたからだよ。今度のは、まるで次元のちがふ話だが、小野田さんのケースに多少似てゐなくもない」

「だけど、貴方《あなた》はマルコスぢやないんだし」

「さうさ。ただの通りすがりの人間さ。通りすがりの男が僅《わづ》かな食ひ物をくれたからつて、今どき、直立不動の姿勢をとつて、有難うございますと、両手で受け取る奴が世の中にゐるかね。珍しくもそれをやつた浮浪者を、此の次もう一度よく見て来る。同じ釜の飯といふなら、同じ一と折の鮨を分けて食つた間柄なんだから、よそながらの再会をして、兵隊の経験がありさうな年恰好《かつこう》かどうか、確かめて来る」

家でかういふことを話し合つて一週間後、彼に又、上野を通る用事が出来た。蹲《うずく》まつたり寝そべつたりの浮浪者五、六人の顔を、露骨にならぬ程度に覗《のぞ》きこみながら、二回地下道を往復してみたが、先だつての歯抜けは見あたらなかつた。他の連中も、概して年齢の判断がつきにくいが、どうも彼と同世代、陸海軍どちらかに従軍したであらう七十歳前後の浮浪者といふのは、ゐないやうであつた。そこまで老いる前に、生涯を終つてしまふのかなと、不忍口《しのばずぐち》の方へ地下道を出たら、外は秋晴れのいい天気で、行楽の男女や、顔の色、風体《ふうてい》、種々さまざまな人々が、皆忙《せは》しげに往き来してゐた。

（「新潮」平成四年一月号）

贋《がん》々《がん》作《さく》『猫』

　およそ二十年前の、暖い冬の日の昼下り、我が家の居間で講談社出版部の女性編集者Kさんと雑談をしてゐたら、冬枯れの庭の木賊《とくさ》のかげを猫が通り過ぎるのが見えた。そのへんには私の手でパン屑《くづ》や向日葵《ひまはり》の種が撒《ま》き散らしてあり、木の小枝に輪切りの蜜柑《みかん》も刺してある。それを啄《ついば》みに来る四十雀《しじゆうから》や目白を、あのどらが時々音も無く忍び寄つてつかみ殺す。立つて行つてガラス戸をあけ、「こらア」と追ひ払つたあと、私はKさん相手に猫談義を始めた。

「猫と言つても漱石の『猫』ですがね。此《こ》の間風邪引いて寝てる間に読んだんです。多分高等学校の生徒の時以来初めてだから、四十七、八年ぶりの再読といふわけですが、昔面白いと思つた場面の幾つかは、ちやんと覚えてましたよ。例へば」

　手近に在る新潮文庫版を取り出し、吾輩が新道《しんみち》の二絃琴《にげんきん》の御師匠さんのとこの雌猫三毛子《みけこ》を訪ねて、御師匠さんはもと大変身分の好かつた人なのよと聞かされる有名なくだり、指し示したら、Kさんは「ええ」と言つただけだが、むろん知つてゐるらしかつた。

――どんな風に大層な御身分か。〈何でも天璋院《てんしようゐん》様の御祐筆《ごゆうひつ》の妹の御嫁に行った先きの御っかさんの甥《をひ》の娘なんだって〉、美貌《びぼう》の三毛子の折角の系譜解説だけれど、吾輩にはその続き柄がちゃんと呑《の》み込めない。〈少し待って下さい。天璋院様の妹の御祐筆の……〉、〈あらそうじゃないの、天璋院様の御祐筆の妹の……〉、それで詰るところ、御師匠さんは天璋院様の何になるんですかと、吾輩が質問する。〈あなたも余っ程分らないのね。だから天璋院様の御祐筆の妹の御嫁に行った先きの御っかさんの甥の娘なんだって、先っきっから言ってるんじゃありませんか〉――。

「今度も気に入つて、此処《ここ》で大いに笑ひました。だけど全体としてはあれ、若書きの作品ですね。ついでだから参考にと思つて、僕は内田百閒《ひやくけん》の『贋作《がんさく》吾輩は猫である』も読み返してみたんです。さうしたら、こちらの方が遥《はる》かに佳《よ》かつた。をかしな話の中に百閒先生六十歳の筆の渋みがあつて、こんなものが創《つく》り出せるんなら、自分も『猫』の贋々作を書いてみたい、ちよつとさう思ふくらゐ感心しました」

Kさんがほんの少し、居住まひを正す気配を見せた。

「あの、それ、うちで出しませうよ」

「何ですつて」

「書き下して下さつてもいいし、『群像』の編集部と話し合つて月々連載にしてもいいし、きつと面白いお作が出来上ると思ひます」

「思ふのは貴女《あなた》の御自由ですが、僕はね、贋作に感服のあまり、ちらとそんな気を起したといふに過ぎないのです。大体猫嫌ひの傾向があつて、猫を飼つた経験が無いし、飼ふ気も無い。百閒さんの真似《まね》なんぞ、及ばぬ猫の竹登り、実際にやれることではありません」

「そんな風に仰有らないで——。猫なら適当なのを私が探して来ます」

Kさんの仕事への執心は理解出来るけれど、編集者に猫を世話してもらつて、そいつを吾輩の末裔《まつえい》に擬して、しつらへが如何《いか》にもわざとらしい。不自然な小手先の技巧作は駄目ですよ、やめようぢやないですかと、自分の思ひついた「ちら」の話を、自分で取り消してしまつた。

それから十年余の歳月が経《た》つて、平成八年秋「群像」が創刊五十周年を迎へるに際し、私は記念号への寄稿を求められる。

何を書くか。贋作の贋作を考へぬではなかつたが、近頃物忘れがひどい。簡単な常用漢字の字体が思ひ出せない。人名地名、よく知つてゐる固有名詞が出て来ない。原稿一枚仕上げるにも長い時間がかかる。「記念号の創作欄を飾る」やうな文章構成は所詮《しよせん》無理だから、猫は除外、文字についての「とりとめもない感想」(それが標題)を四、五頁《ページ》分書いてお茶を濁すことにした。

「感想」の一つは、人類が文字を発明した時期と音声言語を使ひ始めた時期との間に、想像を絶する時間の開きがあるといふことである。幸田露伴先生によれば、「文字の歴史も亦《また》悠久で」、漢民族が原初の支那文字を造つたのは「耶蘇《ヤソ》紀元前およそ三千七百年頃」ださうだが、視点を少し動かしたら、「せいぜい千年単位の悠久」といふ解釈になるのではないか。不思議なことに、シュメールの楔形《くさびがた》文字やエジプトの象形文字ヒエログリフも、支那文字とほぼ同じ、今を去る五千年乃至《ないし》六千年昔に出来たらしい。それに引替へ、話し言葉の歴史は何万年単位になる。百万年がどのくらゐの大昔か、時間の観念を距離に置き直し、一キロメートル千年の換算率で元国鉄の線路を測定してみると、偶《たまたま》と山陽本線の終点下関が東京よりの営業粁程《キロてい》一〇九五・五、端数切り上げてちやうど百十万年前の駅にあたり、お猿の仲間から岐《わか》れた新種の霊長類、私どもの遠い先祖は此のあたりでもう音声言語を使つてゐただらう。お猿時代の鳴き声叫び声を、高低強弱様々に組み合せ、相当複雑な信号を取り交してゐたに違ひない。

彼らが文字を拵《こしら》へて、自分たちのその話し言葉を金石木簡パピルスに残し始めるのは、山陽線東海道線の路線上どのへんでのことか確かめたい。

私は学術調査団と団員用の特別列車を編成して、現代の東京へ向け、汽笛一声下関を出発する。露伴先生の放送講話の記録を読むと、人類は文字を持つことによつて「見る可《べ》からざるものを見得るものと為《な》し、保存し難いものを保存し得るやうに為し」、その結果「知の堆積《たいせき》」が起つた。積り積つた智識《ちしき》が一定の量と密度に達すると、自然の作用で熱を発し、やがて「所謂《いはゆる》文明を醸《かも》し出すに至るのであります」、さう説いてをられるけれど、特別列車の窓外、行けども行けども文字なんかあらはれないし、文明の醸し出された形跡も見あたらない。大阪京都を過ぎても、名古屋を過ぎても駄目。在来線の退屈な汽車旅がそろそろ終りに近づき、小田原停車、横浜停車、六郷の鉄橋を渡つて品川へ着いて、未《ま》だ何ンにも無い。あつたとすればラスコーの洞窟《どうくつ》の彩色壁画のやうな動物の原始的姿絵が一つか二つあつただけ。退屈してゐた調査員たちが最初に文字を見つけて歓声を挙げるのは、田町駅の手前五・七キロ地点通過中である。次の停車駅新橋、東京まで残り一・九キロ、大陸の文字が日本へもたらされる。推古朝以降の各時代風景が車窓を過ぎて、我が学術調査列車はスピードを落し、東京駅の九番線到着フォームへさしかかる。フォームの上で明治維新が始まる。日清《にっしん》日露の戦役があつて、二度目の世界大戦に日本が負けて、東海道線起点「0《ゼロ》」のキロ・ポストへあと五十メートル、「群像」が創刊される。五十メートルは約束の換算率で五十年、列車が停つて数へてみれば、此の文芸雑誌の発行総数六百冊、六百冊分の文字の堆積は、熱を発して明らかに何かを醸し出してゐるのだから、記念号の発刊無意味とは言はないけれど、私にとつて戦後の五十年は実にあつといふ間に過ぎ去つた。此の調子だと、百年がすぐ経つ。その十倍が千年、鉄道の粁程に置き直すまでもなく、千年単位の過去を老来そんなに遠い昔と思へなくなつたのは前述の通り。生死事大、無常迅速、歳月が人を待たざること、創刊号の目次を見れば分る。目次へ名前を列《つら》ねた作家、歌人、俳人、評論家、画家、全員がもはや此の世にゐない。キロ・ポスト「0」より先の五十メートルで何が起るか、いつ誰がどこで姿を消すか、予測全く不可能、「群像」が創刊百周年を迎へる日はありや無しや。

概略右の感想文を渡して御役御免のつもりでゐたら、いつの間にか又十年が過ぎ去つて、私は再び記念号への執筆依頼を受ける。もう用の無いはずの老人がいつまでもプラットフォームの上をうろうろしてゐるから、十メートル動いた列車の車掌が、つまり新しい編集長が、つい声をかけて来たといふやうなもので、懇切な御申出を無下に断れない。先方は、二十年前のKさんとのやりとりを知つて、贋作の贋作に興味ががあるらしかつた。しかし、「書かない」と二回決めたのを、今回もし方針変更する気なら、それ相応の覚悟が要る。「明治、昭和、平成三代の『猫』を三つ併せて読んでみたが、『群像』六十周年記念号に載つた贋々作が一番つまらない」、さう評価されては、編集部に悪いし、記念号を買つた読者に気の毒だし、漱石百閒両先生に対しても却《かへ》つて非礼にあたるだらう。やめた方がいいとは思ふが、ともかく直接のお手本『贋作吾輩は猫である』を再々読した上で考へることにした。

芝居にだれ場といふものがある。国語辞典の多くは、「演者等の力量不足の為観客がうんざりするような場面」と悪く解釈してゐるけれど、だれ場は大切な場面ではないのか。見せ場ばかりの芝居は息がつまる。昔の劇場なら客が弁当でも食べながら気楽に見流してくれて、次の幕へ期待をつなげる長い平凡な一とくさり、役者や座付作者にとつてはむしろ、抑へた業の見せどころではあるまいか。

落語にも講釈にも、小説にもだれ場がある。真作『猫』の、寒月君がヴァイオリンを買はうとして迷ひに迷ふ話など、典型的なだれ場で、寒月自身「話す私も飽き飽きします」と言ふくらゐ長い。長くてもそれなりの興趣があればいいが、ただ冗長、はつきり申し上げてお下手ですよ。同じ長丁場でも、『贋猫《にせ》』作中の幾場面かの方がずつと面白い。

吾輩の二代目飼主五沙弥《ごしやみ》入道の家へ、教へ子の狗爵舎《くしやくしや》が訪ねて来て、出された饂飩《うどん》を有難く頂戴《ちようだい》に及ぶ。五沙弥は午抜《ひる》きで腹がへつてゐるのだが、今何か食べると晩の酒が不味《まづ》くなるから、狗爵舎が美味《おい》しさうに饂飩を啜《すす》るのを我慢して眺めてゐる。我慢してゐるけれど羨《うらや》ましい。それでいやがらせを並べ始める。「麺類《めんるい》の味は要するに咽喉《のど》へ辷《すべ》り込む時の感触だ。火食を知る以前の我々の祖先が、饂飩やマカロニに似た細長い、骨のない、ぬるぬるした虫を食つた時代があつて、余つ程うまかつたんで、麺を食ふと咽喉の奥に昔の虫の記憶が甦《よみがへ》るんだらう」とか、「饂飩には頭も尻《し》つ尾《ぽ》もなくていいね。蚯蚓《みみず》はどうかな。白蚯蚓といふのはゐなかつたか」とか、「猫がおなかをこはすと、尻《しり》からちよぎれた様な白い虫を出すぜ。気がつかずにゐると、畳の上でうねくね動いてゐる。色はそつくりだけれど饂飩は動かない」とか、狗爵舎が「げえ」と吐きさうになつて箸《はし》を置くまでやめない。食べ残した饂飩を見ないやうにしてゐる狗爵舎に、「どうした。もう満腹かね。猫の逆で口から出してはいけないぜ」と、未だ言ふ。全集の頁にして約十頁、らちもない話が延々と続くのに、これで少しもくどい印象を与へないのは、大したものであつた。「年端《としは》も行かぬ漱石が」とは、確か百閒さん御当人のきつい一と言だが、夏目先生四十歳の、初めての発表作を、六十歳の此の文筆家の眼で見れば、実際さう感じただらうと思ふ。

昭和二十五年贋作出版後間もなく東京新聞に出た伊藤整さんの「同時代評」に曰《いは》く。「漱石のユーモアよりも洗煉《せんれん》されてをり、文章や作為の無駄も少い。同時に若さから来る毒々しさ、怒りなどが内に潜み、または昇華されてゐて捕捉《ほそく》しがたい。能狂言のやうなその藝は、一種芳醇《ほうじゅん》な酒の味に似てゐる」

仰《おほ》せの通りなり。これと拮抗《きつこう》し得るやうなにせもの作りを志すは無謀なり。無謀の企《たく》みはやつぱり捨てようと、考へが段々そちらへかたまつて来た。ただし、記念号の原稿、何か用意して責めを果さねばならぬ。『猫』の贋々作一篇、書くつもりで色々想を練つてみたがつひに書けなかつたといふことを書いてはどうだらう。

事実、想は練つたのだと、後日立証出来るやうに、多少とも話のたねになりさうな場面を思ひついたら、その都度メモをとる。どうせ使ふつもりのない空想場面だから、つまらなくたつて構はない。平凡であらうと奇想天外であらうと、人に格別の迷惑はかかるまい。発想内容を書き控へて置きさへすればいい。気が楽になつた。

と、思ひ設けぬことに、アイディアが次から次へ湧《わ》いて来る。先《ま》づ猫の三代目飼主の名前。百閒さんは漱石先生にはばかつて、苦沙弥《くしゃみ》の四割何分引き、五沙弥入道となさつたが、私の場合、まあ三分の一の三沙弥《さしゃみ》か。次に猫の名前。苦沙弥家の吾輩は終始無名だつたのを、五沙弥家へ入つてアビシニヤと名づけてもらふ。エチオピアの旧称がアビシニヤ、あのあたりで似た国名を探すと、ソマリア、ケニア、タンザニア、ザンビア、古くはバビロニアがあるけれど、「これ、ソマや。ザンや。バビおいで」、どうも語感が悪い。タンザニアの「タンちやん」か「タン公」か、雄雌《をすめす》次第でそれにしよう、タンザニアへは昔猫科の猛獣を見に行つたことがあるしと、名前は決りかけたが、「タンや」と呼ぶべき相手が、雄も雌も我が家にゐない。アビシニヤの遠い血縁にあたる一匹を、どうやつて三沙弥の家へもぐり込ませるか、そこへ想をめぐらせてゐるうち、ふと気がついた。エジプトの小さな古猫ならすぐ眼の前にゐる。居間の隅の棚の上へ四十年来居据つてゐて、あまりに見馴《みな》れた姿なので思ひ出さなかつた。大体、十年前、例のとりとめもない感想に、「近頃物忘れがひどい」と自省の言葉を書き添へたのを忘れてゐた。忘れることも忘れますといふのは要注意の事態で、それが五十周年目と六十周年目の違ひだが、エジプトの猫の由来は思ひ出せる。

四十余年前、石黒孝次郎さんの芝のオリエント古美術店「三日月」のクレッセント・コレクションの中に、小さな美しい猫を見つけた。恐る恐る値段を訊《き》いて、示されたのは意外にも私に手の届く額であつた。海軍時代の同期生、亡《な》き石黒光三が孝次郎さんの弟だから、特別扱ひだつたらう。彫刻家佐藤玄々氏の旧蔵品ですと言はれ、古い木の箱へ納めたのを大事に持ち帰つて、あけてみると、蓋《ふた》の表に墨で「巴里《パリ》市ビング氏より到来　大正二年壱月」と書いてあり、裏にはペンで「Egypt. about 2,500 years old」と英文が記されてゐた。

此のブロンズの猫は、百閒先生の「無絃琴」と同じ無言の猫で、アビシニヤのやうに町内の猫の協議会へ出かけて、近所の面々とまとまりのつかぬ議論をしたりはしない代り、人の世の治乱興亡を二千五百年間、身じろぎもせず黙々と眺めてゐる。うちへ来てからも、優美な沈黙の姿勢はそのままだつたのに、ある日、右の耳が小さくぽろりと欠け落ちた。「三日月」へ修理を頼みに行つて、「何故《なぜ》突然こんなことが起るんですかね。エジプトでは二千四百年も五百年も、完全なかたちで保存されてゐたんでせう」と問うたら、

「日本の湿気です。銹《さび》が出てゐます」

石黒さんが答へた。

湿りがちなる旅の空、風土が体質に合はぬ古猫に、三沙弥の家はさぞ棲《す》みにくからうと察するけれど、それを押して持主の家庭事情を観察させ、人類累年《るいねん》の我儘《わがまま》を慨嘆させるのも、主たるアイディアの一つにはなるだらう。名前の「タンザニア」も、「ナイル」か、いつそナイル上流アブシンベルの「ベル」に変へたらいい。問題は、

古代エジプト語しか知らぬ無言猫に、どんな方法で観察結果を語らせるか。それと、三沙弥日常の言動に、語るに足るほど奇な一面があるかどうか。

本人は文筆家仲間の内で割にまともな方だと信じてゐる。しかし家族の眼、世間の眼、猫の眼から見れば、「変質者的性格」（鏡子夫人談）の持主だつた漱石先生、徹底的つむじ曲りだつた百閒先生と一脈通ずるところのある変な人と思はれても仕方があるまい。テレビがついてゐればすぐ消す。いやなニュースが好きなのかと、お神さんに食つてかかる。新聞をろくに読まない。「遮断」と称し、両耳ふさいで自分の殻に閉ぢこもつて、だから大抵の人が知つてゐることを、三沙弥だけが知らない。今年の二月、「鳥のオリンピックつて、鳥に何をさせるんだい」と言つてみんなに笑はれた。耳は、「遮断」しなくても性能が劣化してゐて、「風が無くなつた」を「カレーが無くなつた」、「無地の着物」を「鯵《あぢ》の干物」と聞き違へる。美味にのみ未だ幾分かの関心があるらしい。

英語教師の苦沙弥先生、ドイツ語教授の五沙弥入道と違つて、単なる文筆業者三沙弥には門下がゐないし、人嫌ひを人に知られてしまつて、訪客は少い。それでも類が友を呼び、時偶《ときたま》変なのがあらはれる。

「今日の晩飯七時半にしてくれ」

声で分るから、電話を受けたうちの者が、

「金田さん、今晩こちらで食事召し上るんですか」

訊《たづ》ねたら、

「あ、あ、僕アどこへ電話かけとるんでせう」

と慌《あわ》てた文芸記者がゐる。

「国民学校一年生の時、父に連れられて町の食堂へ入りましたら」

これは、現役を退いた旧知七十歳の昔話。

「食堂の壁に『チンラの日本』と書いた紙が貼《は》り出してある。大東亜戦争の最中ですよ。天皇陛下が『日本は朕《ちん》らの治める国』、さうおさとしになつてるんだと思ひました。だけど何故片仮名で書くんだらう。父親に聞いたら、ありやお前『本日のランチ』だよつて。右書きを左から読んだのか左書きを右から読んだのかは忘れました」

「天皇陛下と言へば、昭和の天皇さんはね、宮内官が退職する時一人々々御引見になつて『御苦労であつた』と、一と言御言葉があるんださうです。黙つてお辞儀して引き下ればいいのに、『どう致しまして』と言つて侍従長をまごつかせた役人がゐるんだつてさ」

かういふ話すべてメモして置けば、想を練つた証拠にはなるが、それを書いて「群像」編集部が納得するかどうかは、保証の限りでない。二十年前のKさんは、副部長に昇格して貫禄《かんろく》がついて、今も出版部にゐる。「群像」編集長、担当の若い女性編集者、文芸誌掲載作品を単行本にするのが仕事の、文芸局の局長部長副部長、相談の上打ち揃《そろ》つて、「こんなものをお願ひしたんぢやないんです。書かない言ひ訳で記念号の創作欄は飾れません」と押し寄せて来たらどうしよう。

実はそつくりの場面が『贋作』の最終頁にあるのである。狗爵舎や蘭哉や岡山の作久や、その他大勢、「一体だれだれ来れば気が済むのだ」と言ふくらゐ押しかけて来ると知つて、「いかん。こりやいかん」、五沙弥が立ち上つて、庭へ下りて、池の縁を右へ廻つて家を出て行つてしまふところで、名作の『贋作』は終りになる。

漱石の『猫』を精読した人なら先刻お気づきのやうに、「池の縁を右へ廻つて」は、『猫』の猫が「そろりそろりと池を左りに廻」つて苦沙弥邸内へ入り込む箇所の、方向逆のもぢりである。百閒さんは原典に敬意を表して、『贋作』の諸所方々でそれをやつてゐる。「天璋院様の御祐筆の妹の」も出て来るし、寒月君のヴァイオリンも出て来る。「胃弱の苦沙弥の生欠伸《なまあくび》」も使はれてゐる。それなら私も、『贋作』の末尾をそつくりもぢつて「贋々作を書かざるの記」として結末をつけようではないか。

「一体講談社の連中はどんな原稿渡せば気が済むのだ。とにかくいかん。やつて来る。

こりやいかん。三沙弥を庭へ下ろせ。気をつけて下ろせ。五沙弥入道より高齢の八十五歳だぜ」

二十年前、Kさんの来た冬の日とちがつて今は夏、庭に木賊がたつぷり繁《しげ》つてゐる。五沙弥家の玄関脇《わき》にも木賊があつた。入道の学説によれば、木賊は地上の植物として地球の表に生え出してから、羊歯《しだ》などと共に一番由緒《ゆいしょ》の古いものなのださうな。

〈地球の地殻が出来たと思はれる時以来今日まで、大体七千二百万年を経てゐる。七千二百万年の中には、二千四百万年が三つあるだらう。その初めの二つ即《すなは》ち四千八百万年を経過した時に、初めて地上に木賊が生えた〉

なるほど、下関・東京間一〇九五・五キロ、換算百十万年の二十二倍遠方か。其処《そこ》で超長距離列車東京行を編成するとしたら、途中沢山の動植物がわいて出て、言葉を話す霊長類があらはれて、二万キロ超す旅の末期、彼らがつひに文字を発明し、田町駅の手前で文明の夜明けが訪れるまで、おッそろしく長い。五沙弥門下の一人が、「長過ぎる所を木賊でこする」と言つてゐるが、こすつても削つても、二千四百万年はあんまり短くならない。「木賊から見れば人間の営みなんか、露に宿る稲妻に過ぎん」と『贋猫』の第七章に書いてある。

「おいベル。アブシンベル。お前、古代神殿ゆかりの古猫だろ。露の営みに苦情を持ち込んで来る人間どもを、引つ掻《か》いたりしなくていいから、三沙弥が木賊のかげに隠れてうまく姿を消せるやうによく見張つてろ」

「来た。来たよ。いかん。こりやいかん。急がんといかん。急いでどこへ三沙弥を逃がす気かつて、そんなこと分らん。先へ逃げ出した五沙弥入道を探して五沙弥に聞いてくれ」

（「群像」平成十八年十月号「贋々作を書かざるの記」改題）

*

*

阿部昭の短かかりし日々

阿部昭とは、年に一度会ふか会はないかといふ程度の淡いつき合ひだつたが、書くものには敬意を抱いてゐた。昭和四十四年「季刊藝術」掲載の「大いなる日」を、安岡章太郎に勧められて読んだのが最初ではなかつたかと思ふ。非常に爽《さはや》かな良い印象を受けた。暗い材料を扱ひながら、上質のユーモアがあるのもよかつた。年譜を見ると、それより数年前の項に、「内外の短篇小説を多読、沈潜し言葉を吝《を》しんで短く書くことに徹すべしと痛感」と自分で記してゐる。今考へれば、その心構へが「大いなる日」の文章のはしばしに滲《にじ》み出てゐた。

「見ろ、海軍、海軍って、こういう屑《くづ》もいる」

といふところで笑つた記憶がある。父親が贔屓《ひいき》にしてゐる町医者、元海軍の軍医に対する罵《ののし》り言葉だが、一般論として賛成だつたし、多少自分のことを言はれてゐるやうな気もしてをかしかつた。此《こ》の人は中々のものと思つた。次の年、「司令の休暇」

が出て、前作以上に感心した。

私は阿部さんとちがひ、好きな作家の作品も「多読」は出来ぬたちで、その後二十年に及ぶ彼の創作活動の全容を語る資格に欠けるけれど、最近のものでは「海燕《かいえん》」に発表した「小動物の運命」を読み、志賀直哉の「城の崎《きさき》にて」を凌駕《りようが》する文章が出て来たかと、感じ入つた。

十三、四年前、私の本の月報に短文を寄せてもらつたことがある。その中に、「阿川さんはその場にいない第三者の悪口を言わない人」といふ一行があつた。これを読んだ我が家の者どもの反応は「阿部さん、知らねえナ」だつたけれど、阿部昭の前だと、私も平素の言ひたい放題が言ひにくかつたものと見える。その後何度か、酒席を共にする機会があり、阿部さんの認識があらたまつたかどうか。では、阿部昭自身、「その場にいない第三者の悪口」を言はぬ人だつたかとなると、必ずしもさうでなかつた。通俗なもの、いい加減な人間に対しては、ずゐぶん手きびしいことを言つた。「あんな者」といふ口ぶりを示した。固有名詞があまり記憶に残つてゐないのは、ぼそぼそとした話し方で、過激な言葉も過激に聞えなかつたせゐだらう。心臓の不調を自覚するまでは相当な酒量だつたけれど、いくら飲んでも声高になるといふことが全く無かつた。

自分で納得の行く凝縮した文章だけ書いて生計を維持し、男の子三人を育て、学校へ通はせるのは、文筆に関係の無い世間が想像する以上の大変なことだが、他所《よそ》ながら見てゐると、阿部さんは勤めも持たず、いはゆる売文の類《たぐ》ひの稼ぎ仕事にも手を染めず、頑固に純文学の——と言ふか、自己の砦《とりで》を守つてゐた。経済的に余裕が無かつたからだらうが、外国旅行も殆《ほと》んどしてゐない。したがつて、作品の素材は、多く家族のこと、自分の住む湘南《しようなん》海岸の風景風物、そのあたりに限られ勝ちだつたが、モネーが睡蓮《すいれん》ばかり描いて大きく深く豊かなものを表現したやうに、阿部昭の筆も、狭い世界の中で高く広いものを表現出来る境地に到達してゐたと思ふ。

文壇には背を向けてゐる感じで、文壇的な賑《にぎや》かな集りなど、まづ出て来たためしが無かつた。文芸家協会編の「文芸年鑑」なるものがあつて、巻末に各界の執筆者人名録がついてゐるのだが、これの「阿部昭」の欄は、そつけないの一語に尽きる。各人の回答にしたがつて四、五行簡単な履歴を掲出する慣例だから、皆「ペンクラブ理事」とか「何々大学名誉教授」とか、然《しか》るべき肩書と共に、代表作の二つぐらゐ書いて出すのだが、阿部さんは、現住所生年月日出身学校名のあと、現職なぞ一切無し、代表作として「司令の休暇」を一つ挙げてゐるだけ、こんな短いのも珍しい。

急逝《きゆうせい》の報を受けた翌朝、告別式は行はない旨《むね》新聞に出てゐるのを見て、それではと、自分なりの弔意を表しに、辻堂《つじどう》まで独り出かけて行つた。不幸のあつた家ならすぐ分るはずだと、タクシーの運転手が言つたが、住まひの外はもとより、中へ入つても、花輪だの花だの飾つてなかつた。夫人が外出中で、息子さん二人に会つてちよつと話をした。その口ぶりでは、供花香奠《こうでん》、出版社からのものも含め、すべて辞退してゐるらしかつた。私の持参した分も、受け取つてもらへなかつた。阿部昭は死んでもあの頑固さを押し通してゐると、いつそ清々《すがすが》しい気持になつた。帰宅後、福武書店刊行の「阿部昭全作品」八巻を、あちこち開いて見てゐたら、巻頭写真の一つに、鵠沼《くげぬま》海岸で阿部さんが二つぐらゐの可愛《かはい》い男の子を肩車してゐるのがあつた。此の坊やが、けさ方会つた長男の方、あの若いお医者さんかと思ひ、胸を突かれた。

若い頃、自分らが老いて父の齢に達し、死を迎へる、それまでの過程には途方も無く長い年月が横たはつてゐるやうな気がしてゐた。今はそれが、あッといふ間にやつて来ると、さう感じる。広津和郎さんの亡《な》くなられた時のことを、私はせいぜい七、八年前かの如《ごと》く、ありありと覚えてゐるのだが、いつか二十年の歳月が経《た》ち、昨年、奇《く》しくも同じ辻堂の葬祭場で、一人娘広津桃子さんの老女然たる死顔と別れの対面をした。不遇な海軍軍人だつた父君を癌《がん》で亡くして、阿部昭が「大いなる日」「司令の休暇」を書いたのも、私にはつい此の間のやうな気がするのだけれど、その作者はすでに亡く、成人した令息たちが、公《おほやけ》の儀式抜きで父親の野辺の送りをする支度をしてゐる姿を見た。無常迅速の思ひしきりである。

（「新潮」平成元年七月号「短かかりし日」改題）

四十四年目のマンボウ航路

「どくとるマンボウ航海記」のある部分を読み返したくて、家中探してみたが、此《こ》の作品を収めたマンボウ先生の著書が一冊も見つからない。昔もらつた初版本なら、納《なん》戸《ど》の奥の書棚の隅に四十何年分埃《ほこり》をかぶつて必ず残つてゐるはずだが、そのあたり、段ボール箱に詰めた古着類や捨て損ひの書類が断崖《だんがい》絶壁を成してゐて、危険で足が踏み込めない。結局、本屋へ行つて今年八月二十日発行第七十五刷の新潮文庫を買つて来た。

七十五刷とは、文庫に入つてからでもずゐぶん長い歳月が経《た》ち、その間《かん》、如何《いか》に多くの読者が此の航海記を楽しんだか、証拠立ててゐるやうな数字だけれど、私が見たいのは、マンボウがカナリア諸島の光景を書いてゐる一節である。急ぎの拾ひ読みを二度三度試みて、そんなこと何処《どこ》にも一つも書いてないと分り、自分の記憶力の怪しさに、がつかりであつた。

今年の秋、――今年々々と言つても、雑誌の月号からすれば昨平成十四年の秋、スペインのバルセロナを出てポルトガルのリスボンで終る十二日間の船旅をした。船名「クリスタル・シンフォニー」親会社日本郵船の、此の五万噸《トン》の客船が、イベリア半島の東岸沿ひに南下し、ジブラルタル海峡を抜けて、モロッコ南西部の沖合、カナリア諸島へ針路を向ける頃、図書室脇《わき》の海図を眺め、ああこれは四十四年の昔、水産庁の漁業調査船、六百噸の照洋丸に船医として乗組んだマンボウ北杜夫が、毎日毎晩マグロの刺身を食はされながらたどつた、正にその航路だと気づいた。何とも言へずなつかしい気がした。

私の齢《とし》になると、友人が次から次へ欠けて行く。今年に入つて早々、近藤啓太郎が亡《な》くなり、次いで古山高麗雄《ふるやまこまを》が亡くなり、親しかつた海軍の同期生三人が立てつづけに亡くなつて、自由にものの言ひ合へる旧友の数、もはや寥々《りようりよう》たるものである。マンボウさんしつかりしておくれよと、船室で私は北夫妻に絵ハガキを書いた。此処《ここ》数年、腰痛が治らず、さぞ苦しいだらうと同情はするけれど、「僕はもう駄目です。痛くて痛くて躁《そう》になる気力も無い。早く安楽死させてもらひたい」と泣き言ばかり言はず、偶《たま》には食卓を囲んで昔の話、御父上斎藤茂吉先生の歌の話が出来るくらゐの元気を、マンボウに取り戻して欲しかつた。

ともかく、あさつての朝、本船がカナリア諸島の島々の一つ、グラン・カナリアのラス・パルマスへ入港する。昔照洋丸も入つたであらう港へ入つて、若き日のマンボウが見て歩いたであらう町並を、自分も見て廻らうと思つた。私の頭の中の空想のラス・パルマスは、漁業を中心に栄えてゐるスペイン領の、こぢんまりしたスペイン風港町であつた。

結果から言ふと、私は二重三重の勘ちがひをしてゐた。十一月二日早暁《そうぎよう》、埠頭《ふとう》へ接岸した船の右舷《うげん》遠く、高層ビル林立する大都市の景観が見えてゐるのに、先《ま》づ驚いた。朝食後上陸して、船会社の提供するシャトル・バスで市の中心街へ出てみれば、白堊《はくあ》十階建ての大百貨店があつて、化粧品売場のショーウインドーに「SHISEIDO」と書いてある。その百貨店の前から、ロンドンと同じ二階建てオープンデッキの市内巡覧バスが、三十分か四十分ごとに発車してゐる。料金一人八ユーロ。グラン・カナリアの州都ラス・パルマスを始め、カナリア諸島大小十三の島々の総人口、合算すると百万を超すさうだ。冬は其処《そこ》へ、北欧諸国の避寒客が大勢入つて来る。繁華街の横丁に、「さくら」と「ふじ」と、すしを食べさせる日本料亭も二軒ある。公園はよく整備されてゐて、十一月なのに陽光燦々《さんさん》と、ジャカランダやブーゲンビリアの花が咲き乱れてゐた。

四十余年前、マンボウが来た時も、此処はこれほど賑《にぎや》かな大都会だつたらうか。航海記の作者が町をどう描写してゐるか、知りたかつた。それが第二の勘ちがひである。航前記の通り、帰国後新潮文庫のマンボウ航海記を読み返してみたら、照洋丸はカナリア諸島周辺で、十六回もマグロの延縄漁《はへなはりよう》をやつてゐるが、どの島のどの港にも寄港してゐない。それをその時は、「寄港してゐる。何十隻《せき》もの日本のマグロ漁船がラス・パルマスを基地に、大西洋の漁場へ出て行つたり帰つて来たりする光景が、あの本に書いてある」と信じてゐた。何か別の書物で得た現地情報が、長年の間にマンボウ航海記の記述と混淆《こんこう》して了《しま》つたらしい。さうとは気づかないから、一旦《いつたん》船へ帰り、岸壁に屯《たむ》ろしてゐるタクシーの運転手と交渉、漁港見学の相談をすることにした。スペイン語の上手なアメリカ人の女性コンセルジュに通訳を頼んだ。

「当市は大西洋でマグロを獲《と》る日本漁船団の大切な根拠地だと承知してゐるが、漁船が繋留《けいりゆう》する波止場と客船埠頭とは別であらう。船員の話を聞きに行きたいんだけど、その、漁船専用の港湾が何処に在るか知つてるか」

「スィ、スィ。知つてる。日本と朝鮮とロシアの漁船がいつも入つてる」

「どのくらゐ遠い？」

「三キロか四キロ。待時間を別にして、二十分もあれば往復出来る。二十五ユーロ出してくれるなら行かう」

一ユーロはアメリカの一ドルとほぼ同じ、二十五ユーロでも五十ユーロでも、マンボウの照洋丸が入つたところへ行つてみたかつた。行つてマグロ漁の話を聞いて、斎藤宗吉ドクター三十歳の、意気軒昂《けんこう》、塩ッけに満ちた昔の姿を偲《しの》びたかつた。

交渉成立し、タクシーはこちらの埠頭と対岸にある貨物置場や貨物船桟橋のある方角指して走り始めた。途中、がらんとした構内に、倉庫のやうな青塗りの大きな建物があつて、「電力供給センター」と日本語の標示が見え、ラス・パルマスを補給基地とする日本漁船の数、予想以上に多いらしい、どんな船を選んで話を聞かうかと、期待がふくらんだ。

ところが、行けども行けども、そんなもの一隻もゐない。タクシーの運転手は多少責任を感じるのか、口の中で何かぶつぶつ言ひながら、あちらの桟橋こちらの突堤、さんざん走り廻つて、漸《やうや》く神奈川県三浦を母港とする「第十一住吉丸」といふのを見つけてくれた。居住区横のデッキの木椅子《きいす》に、色の浅黒い半袖《はんそで》シャツの若者がぽつねんと坐《すわ》つてゐた。

「ええと、ちよつと伺ひます」

日本語で用件を切り出したが通じないので、英語に切替へたらそれも通じなかつた。スペイン語ならある程度話せるやうだから、運転手に加勢してもらひ、「船長か漁撈《ぎよろう》長《ちよう》に会ひたい」、「ゐない」、「そんなら日本人の乗組員、誰でもいい」、「日本人一人もゐない」、「どうして？」、「休暇取つてみんな飛行機で日本へ帰つてる」、手ぶり身ぶり交へたやりとりの末、要するに期待過剰の思惑はづれ、完全な無駄足だつたと分つた。色浅黒い若者は、船の留守番役のフィリッピン人であつた。

近くにあと二隻、銹《さび》だらけの漁船がゐるが、一隻は船名も所属港もハングルで記してあつて、韓国の船か北朝鮮の船か分らない。もう一隻も、ロシア文字の読めない私には、何処から来た船か見当がつかなかつた。いづれにせよ、訪ねてみようとは思はない。気落ちがし、「もう帰らう」、身ぶりで促したら、

「いや、確かもう一隻、けさ入つた日本船がゐるはずだ。行つてみよう」

運転手の方が熱意を示した。言葉は片言の英語である。

その船は、遠く離れた別の桟橋に舫《もや》つてゐた。白い塗り色のきれいな、三千噸級の、多分貨物船であらう。船籍はパナマ、船名が「NAGATO REEFER」、日本の船会社が持ち船をパナマ籍で登録するのはよくある例だが、「ナガト・リーファー」とは何ぞや。「ナガト」を「長門」と解して日本船だと決めてかかると、又々勘ちがひとい

ふことになりかねないと思つた。舷側へタクシーを乗りつけ、下りてデッキを振り仰いだら、五十年輩の東洋系の船員と眼が合つた。「第十一住吉丸」でこりた私は、恐る恐る、日本からの旅行者だがあなたも日本人でせうかと訊《たづ》ねた。

「さうです。まあお上んなさい」

はつきりした日本語の答が返つて来た。此の人が「ナガト・リーファー」の船長山本智裕氏であつた。船長室へ招じ入れられ、名刺を差し出すと、近頃珍らしいことに、山本船長は私の名前を知つてゐた。それで話が大変スムーズに運び出した。

「此の船、漁業とは関係ありません。さつき私が荷役作業を見てゐるところへ、タクシーでやつて来られて、気づかれたかどうか知りませんが、目下トマトの積込み中です。気候温暖なカナリア諸島はトマトの名産地でして、冬、ヨーロッパの人々はカナリア産トマトの届くのを待ち焦《こが》れてゐます。本船も今夜、荷役が終り次第、ロッテルダムとサザンプトンへ向けて出港します。船の名前ですか？　下関の造船所で造られた冷蔵船だからこんな風に命名したんでしよ。本社の本間船舶は東京の築地《つきじ》にあるんです。ええ、マンボウ先生の航海記は私も読みましたよ。仰有《おつしや》る通り、昔ラス・パルマスが日本のトロール漁船、マグロ延縄漁船の休養補給基地として活況を呈した時代がありましたね。それはしかし、マンボウ先生お若かりし頃のことです。人件費が高《こう》騰《とう》して、韓国やロシアの船と対抗出来なくなり、大西洋で操業する日本漁船は年々数が減つて、今ぢや此処へ入つて来ることなぞ、殆《ほとん》ど無くなりました。此の『ナガト・リーファー』だつて、乗組員十七人のうち日本人は船長の私と機関長だけ、あとの十五人は英語の出来るフィリッピン人です。時代は変つたんです」

まともな教育を受けたフィリッピン人が、近頃の日本の若者より遥《はる》かに有能で礼儀正しいのは、自分の船のデッキ・スチュワードや、いつも昼食を摂《と》りに行くリド・カフェのウエイターたち（多くがフィリッピン人）を見てゐれば分る。山本船長に礼を言ひ、トマト積込み作業監督の邪魔をしたことを詫《わ》び、待たせてあつたタクシーで客船埠頭へ戻つて、船内九デッキの船室のベッドに疲れた身体を横たへたあとも、「時代は変つたんです」といふ言葉が心に引つかかつて、中々消えなかつた。

「星霜移り人は去り」と、私は声に出して言つてみた。マンボウの卒業した高等学校は松本、私は広島、天下の一高とお互ひ縁が無いけれど、第一高等学校寮歌「嗚呼《ああ》玉杯に花うけて」のあの歌詞はよく覚えてゐる。全く、星霜は移りに移り、人は去りに去つて行つた。共通の友人だけでも、新潮文庫「どくとるマンボウ航海記」の解説を書いた村松剛《むらまつたけし》が八年前、吉行淳之介《よしゆきじゅんのすけ》もその年、遠藤周作は六年前、辻邦生《つじくにお》が三年前、みんな死んで了つた。我々の時代は終つたんだと、つくづく思ふ。

その晩十一時、「クリスタル・シンフォニー」はラス・パルマスの岸壁を離れた。これよりテネリフェとマデイラと二つの島経由リスボンへ向ふので、照洋丸の航路とほぼ同じ航路を再びたどるわけだが、あとで考へれば私は、此の地へ足跡を留めてゐないマンボウの影法師を追うて、此の日まる一日白昼夢を見てゐたやうなものであつた。

四日後の十一月六日午前六時、テージョ河河口リスボン港の大桟橋に船が着いて、アメリカ人、日本人、英国人、ドイツ人、各国船客の下船が始まり、私の、——正確に言ふと私ども老夫婦の、十二日間の船旅もこれで終つた。

此の前、初めてポルトガルを訪れたのは一九八一年の春、その時、此処は古葡萄酒の趣を備へた味はひ深い国だが、人々の身なりは概《おほむ》ね貧しく、眼に精気が無い、大航海時代の富を失ひ進取の気性を失つてすでに四百年、昔日《せきじつ》の栄華を取り戻す日はもう来ないだらうといふ印象を受けた。私より二十二年早く、一九五九年の正月リスボン港へ入つたマンボウも、同じ感想を抱いたやうだ。帰国後マンボウ航海記で確かめたところによれば、薄汚いとか、足の腫瘍《しゆよう》を見せて金をせびる男がゐるとか、ポン引の服は垢《あか》じみネクタイがよれよれだとか、あまりいい事は書いてない。

それが今回ちがつた。急速に近代化が進み、ポルトガルは大変な勢ひで立ち直りつつあると、行きずりの旅行者の眼にも、はつきりさう見えた。新しい高速道路が縦横に張りめぐらされてゐるにも拘《かかは》らず、首都の近辺、朝夕車の大渋滞が起るほど、街は殷賑《いんしん》を極めてゐた。一九九八年リスボン万博の成功で、国民が自信を持つたのが、立ち直りの一つのきつかけらしいが、ポルトガル近代化の象徴のやうな施設は、万国博の跡地に建つ規模欧州一の水族館である。服装も顔色も明るいポルトガル人小学生たち一行と一緒に、設計斬新《ざんしん》なきれいな館内、順路を進んで行くと、大水槽の中で、多種多様の魚群にまじつて、ほんもののマンボウが一匹、とろりとろり泳いでゐた。

「おや、君、こんなところに御健在でしたか」

私は日本語で、戯《たはむ》れの言葉をかけてやりたかつた。実際にはそんなこと、口にしなかつたし、口にしても通じない、他の入場者に変な顔されるだけと分つてゐたが、これが日本へ帰る前、今度の老年勘ちがひ旅行の、一番の思ひ出になつた。

（「新潮」平成十五年一月号／KKベストセラーズ『汽車に乗って船に乗って』平成二十三年五月刊）

宮脇俊三《みやわきしゆんぞう》さんを悼《いた》む

昨年十月、ＪＴＢ主催紀行文学大賞選考会の日、選考委員の一人宮脇さんが、中々現れなかつた。平素仕事にも時間にも几帳面な人がどうしたんだらう、車の事故ででもなきやいいがと思ひながら待つこと三十分以上、やうやく、「お着きになりました」と誰かの声が聞え、ほッとした。ところがそのあと、又長い間待たされるのである。奥さんに附き添はれ、「旅」編集部の人たちに抱きかかへられるやうにして部屋へ入つて来た時には、定刻を大方一時間過ぎてゐた。

会場は、日枝《ひえ》神社の裏の鰻屋《うなぎや》「山の茶屋」、門から玄関口までが、植込みの中、飛石づたひの上り坂になつてゐる。当夜宮脇さんは心神耗弱《こうじやく》状態に近かつたらしく、其処《そこ》を上り切るのに難渋し、靴一つ脱ぐのも大変で、ひどく時間がかかつたのだ。

「病院で何かショッキングなことを言はれましたやうで」

遅刻の弁解とも病状の説明とも取れる少しぼかした言ひ方を、まち夫人がされたが、宮脇さん自身は一と言も口きかなかつた。只事《ただごと》でない感じがした。熱があつて苦しくて、朦朧《もうろう》となつてゐるのを、選考委員を引き受けた責任感から、「どうしても行く」と押して出て来たのだと分り、受賞作選ぶのは我々でやります、今夜はとにかく家へ帰つてお休みなさい、みんなに勧められて、黙したまま、再び抱きかかへられるやうな恰好《かつこう》で会場を去つて行つた。これが宮脇さんの姿を見た最後になつた。

私は、その年の年初からだけで、近藤啓太郎、古山高麗雄初め同世代の知友を十人か十一人喪《うしな》つてをり、此の上宮脇さんもとは考へたくなかつた。宮脇夫人の、それこそ「ショッキングな」発言、病院で言はれた「何か」は、癌《がん》の告知と察してゐたが、いやなことを聞かされるのがいやで、今年二月末訃報《ふほう》に接するまで、見舞ひにも行かず電話の問合せもせず、奥さんやお嬢さんや御家族には、さぞ冷淡な人と思はれただらう。

一つ私の勘違ひだつたのは、「山の茶屋」での、まち夫人の言葉を、「ぼかした発言」と取つてゐたことで、実際は夫人も知らなかつたのださうだ。選考会の前々日、虎の門病院から帰つて来た御主人に、「検診の結果どうでした?」と聞くと、「それは言はない。そちらも何も言ふな」、酒量に関し奥さんの口を封じた上で、その晩宮脇さんは泥酔《でいすい》した。検診の「結果」は、あとで分るのだが、やはり、副腎《ふくじん》部分の淋巴腫の異常肥大を告げられてゐた。歿後《ぼつご》此の話を聞いて、如何《いか》にも宮脇さんらしいと、胸が痛んだ。普通なら連れ合ひにありのまま話して今後の処置も相談すべきところを、自分独りの胸の内に収め、好きな酒を黙々と汲《く》みながら、あと何ヶ月かに決つた残りの人生、独りじつくり、酔ひつぶれるまで考へてみたかつたのだと思ふ。

北杜夫と私にとつて、宮脇さんは特別な人であつた。四十五年にわたる色んな思ひ出がある。無名の新人北を口説いて「どくとるマンボウ航海記」を書かせ、大ベストセラーに仕立てたのが宮脇さんだといふことは、今大抵の読書家が知つてゐるが、その二年前私も、最初の乗り物随筆集「お早く御乗車ねがいます」を、中央公論社の若い出版部員、当時満三十一歳の宮脇さんに手がけてもらつた。「マンボウ航海記」と違つて、部数そんなに延びさうもないこんな雑文集を何故出してくれる気になつたか、実は当の出版部員が私の遥《はる》か上を行く汽車好き鉄道通だつたからだが、此の人はそれを、中央公論社在職中殆《ほとん》ど口にしなかつた。大体、ぼそぼそとしかものを言はない性《たち》で、ただ、ぼそぼその中に時々、えッと驚くほど辛辣《しんらつ》な人物批判やきつい皮肉がまじつた。

その頃私は、吉行淳之介とさしでのべつ花を引いてゐて、其処《そこ》へ宮脇さんが原稿の催促旁《かたがた》と現れる場合が多く、思ひ出はとかく吉行がらみになる。ある日、例の如《ごと》く二人で合戦中、株のカラ買ひの話が出た。野村証券の東京支店に、二人とも知つてゐる碁の強いちよつと変つた男がゐて、あいつが奨《すす》めるんならその株（何か忘れた）、面白いかも知れん、十万円づつ出して買つてみようぢやないか、よし、出すけど取敢《とりあ》へずお前立替へといてくれ、電話ですむんだろ——。一週間後、これが急騰《きゆうとう》した。折を見て手仕舞ひすると、かなりの額の現金が私のところへ送られて来た。「ほら」と半分渡してやつたが、株式売買の仕組みなぞよく分らぬ吉行にしてみれば、立替金も未《ま》だ払つてゐないのに、全くの濡《ぬ》れ手で粟《あは》、天井から一万円札が何枚かひらひら降つて来た感じらしく、面白がつて人に吹聴《ふいちよう》するのを宮脇さんが聞いて、「小さく儲《まう》けた人が大きく騒ぐ」と言つた。

　我ら両人恐れ入り、以後株のカラ買ひ遊びをやめて了《しま》つたが、マンボウは躁《そう》の一時期、株に関しても自分は天才だと信じ込み、カラ買ひカラ売りに大きく手を出して、斎藤家の財政状態を極度に悪化させる。

　もう一つは、北や吉行の出た麻布《あざぶ》中学を、宮脇さんが「あんな学校」と言つたこと。確か昭和四十一年の暮、私が都内のホテルへ罐詰《かんづ》めになつて、翌年二月号の「中央公論」（編集長宮脇俊三）に発表予定の旅行記を書いてゐる時、その部屋へ吉行が訪ねて来て、忽《たちま》ち又コイコイの勝負が始まつた。間もなくもう一人、宮脇さんが、仕事の進み具合を確かめに入つて来た。私を罐詰めにして紀行文書かせてゐるのは宮脇編集長だから、甚だ具合が悪かつたけど、一と区切りつくまでやめるわけにも行かない。それに吉行が、勝負事の邪魔されて不愉快なのか、「おい、その灰皿取つてくれ」といふ調子で、宮脇さんにひどく横柄《おうへい》な口をきくのが、気になつてしやうがない。

「お前、大中央公論の大編集長にずゐぶん威張るね」

からかひ半分たしなめるやうに言つたら、

「中学校の先輩後輩の関係はかういふもんなんだ」

吉行が答へた。それまで花合戦の脇《わき》に坐《すわ》つて、二人のやりとりを黙つて聞いてゐた宮脇さんが、

「僕はあんな学校出てない」

ぼそッと否定した。

これには吉行の方があわてて、「あ、さうか。奥野が同級と聞いてたから、さうか、いやどうも失礼しました」と、急に言葉使ひを改めた。実情は要するに、青山師範附属小学校で同級生だつた奥野《おくの》健男《たけを》と宮脇俊三、中学進学の際、片方（奥野）は麻布へ、片方（宮脇）は成蹊《せいけい》高等学校尋常科へと別れるのだが、それを吉行が、二人

とも麻布に学んだ自分の後輩と錯覚してゐたのである。違ひますよと訂正の言にせよ、今や天下の名門校麻布を、「あんな学校」とは言ひも言つたり、びつくりさせられた。

ちなみに、此の時書き上げた旅行記は、私がソロモン群島ブーゲンビル島のジャングルの中へ分け入つて、(現地民以外では第二次大戦の戦後初めて)山本五十六《いそろく》長官機の墜落炎上現場へたどり着き、機の破片と電器部品を証拠に持ち帰る話で、題名「私のソロモン紀行」として置いた。二月号が出たのを見たら、それが「山本元帥《げんすい》！阿川大尉が参りました」と変へてあつた。羞《はづか》しいやうな気がしたが、客観的には、雑誌読み物のタイトルとして名タイトルだつたらう。「暮しの手帖《てちよう》」の花森安治さんと「文藝春秋」の池島信平さんが大変感心(内容にではない)したと聞いてゐる。

宮脇さんの結婚は、私がソロモン群島への旅に出かける二ヶ月前、お相手は社の同僚井田まちさん、招かれて披露のパーティに出席し、嶋中鵬二《しまなかほうじ》社長の、「率直に申しますと、お二人とも再婚ですが、出版社にとつて、再版を出すのは、誤植も無くなりますし、まことにめでたいことで」といふ洒落《しやれ》たスピーチを聞いたのが、長く印象に残つた。

古き日の思ひ出、かうして並べ立ててゐると際限が無く、少し先を急がねば紙数が尽きてしまふ。

結婚十二年後、宮脇さんは中央公論を退社した。五十一歳になつてゐた。此の齢《とし》で、書かす側の者が書く側へ変らうと望んでも、やつて行けるか、多少不安さうな口ぶりだから、「宮脇さんなら大丈夫ですよ」と、私は自信持つて励ましました。果して、第一作「時刻表2万キロ」は大きな反響を呼び、昔手がけたマンボウの「航海記」に迫る売行きで、此処に鉄道紀行専門のユニークな作家が一人誕生する。

次々出る作品に眼を通しながら私が感じたのは、一般のマニアの書く文章とちがつて、不思議なゆとりとユーモアが見られること、「時刻表、列車の編成、駅弁、興味があるのは此の三つ、あとは何ンにも知りません」といつた顔つきで書いてゐること、ははあ、やつてるなと思つた。曾《かつ》て「世界の歴史」全十七巻を編纂《へんさん》し、「中央公論」「婦人公論」の編集長を歴任し、モーツァルト研究の個人的小冊子を発行したりしてゐる人が、そんなはずは無いのであつた。中央公論社の社員時代、自分の鉄道通を伏せてゐたのと同じやうに、今度は政治経済、歴史、音楽、古今の文学、女性のファッションまで、鉄道以外の知識全部伏せて、其処から独特の味を醸《かも》し出す、一種の手法とも、含羞《がんしゆう》の低姿勢とも見えた。

「最長片道切符の旅」、「台湾鉄路千公里」、「シベリア鉄道9400キロ」、「韓国・サハリン鉄道紀行」、みんな愛読したが、私には、書くをはばかる下《しも》の病があつて、下痢がつづくのと風呂《ふろ》へ入れないのとが一番困る。それで、SLマニア、レイル・ファンの天国と言はれるインドへ一度も行つてゐない。後年手術をして、その悩みから解放されたが、つひに行く機会を失した。一遍乗つてみたかつたシベリア横断鉄道も、同様の理由で乗らずじまひに終つてゐる。その者に取つて、宮脇さんの「インド鉄道紀行」と、前記シベリア鉄道完乗記とは殊《こと》の外結構な読み物で、下痢の心配も風呂の心配もせずに、紙面の上のインド旅行、シベリア旅行が出来る。たつぷり楽しませてもらつた。

書く方も、のびのび楽しんで書いてゐると、作品の上ではさう見えるけれど、これ亦《また》私の、長年にわたる勘違ひだつたらしい。呼吸器に疾患があり、屢々《しばしば》喘息《ぜんそく》のやうな発作が起つて、海抜四七八三メートルの峠を越えるアンデスの高山鉄道や、フィリッピン、ヴェトナムその他、医療施設必ずしも完備してゐない国の列車に乗りに行く時は、発作による突然の死を、ある程度覚悟してゐたやうだ。今から二十年も前、満五十六歳の時、早々と遺言をしたためて夫人に預けてをり、謂《い》はば命がけの、捨て身の鉄道旅行であつた。

歿後まち夫人が写しを送つて下さつたその遺言の一部を、左に引用して置く。

「一、早死にして申しわけない。
一、好きなように生きてきたので、自分としては満足している。その点については悲しまないでほしい。
一、葬式は自宅で簡素におこなうこと。香奠《こうでん》その他はお断りすること」
御自分の後半生、好きな鉄道に托《たく》して「好きなように生きて」ゐても、二人のお嬢さんのことはよほど気がかりだつたらしく、「灯子と理子をよろしくたのみます。姉妹が仲よくするように」と夫人宛《あて》に記したあと、（数項目省略）最後は、

「一、灯子と理子に。仲よくして、なるべく早くお嫁に行ってください」

これで終つてゐる。日附は昭和五十八年十二月十四日。今回実際の「葬式」や「香奠」等々、二十年前の遺言通り、むしろそれ以上簡素に行はれた。宮脇俊三さんが亡《な》くなつたとは、当分誰も知らなかつた。

北杜夫と私は、宮脇さんが元気で、歴史学の素養を遠慮無く活《い》かして、六十歳代に書いた二、三の歴史紀行よりもつと規模雄大な、例へば司馬遷《しばせん》の史記の記述と大陸何万キロかの鉄路とがからみ合ふやうな、面白い作品を残してくれることを期待してゐたが、それもみんな空《むな》しくなつた。七十過ぎた宮脇さんが、しきりに廃線跡の探訪取

材をやつたのは、何だか、健康の衰へとやがて迎へる死とを象徴してゐたやうに思へてならない。

（「中央公論」平成十五年五月号）

宮脇俊三『史記のつまみぐい』

宮脇さんの文筆家としての最大の業績は、鉄道紀行を一部マニアやレイルファン向けの読み物段階にとどめず、文学の一ジャンルへ昇華させ、眼の肥えた一般読者の鑑賞に堪へるものとしたことであつて、四半世紀に及ぶ執筆生活中、情熱と労力の大半はそちらへそそがれてゐたかのやうに見える。列車と列車の時刻表と、各国各地の鉄道路線、駅とトンネル、それ以外興味も関心もありませんと言はんばかりの書き方がしてあるけれど、実は然《しか》らず、中央公論社在社当時から、歴史学者として独り立ち出来るだけの素養を備へた逸材であつた。作品の上に、それが殆《ほと》んどあらはれてゐないのは、紀行文学に余計な飾りの知識の輪を添へて、キラキラさせたくない作者の、学殖あるがゆゑの含羞《がんしゅう》だつたかも知れない。たまに歴史ものを書いてその片鱗《へんりん》をうかがはせる場合も、『古代史紀行』『平安鎌倉史紀行』と、必ず紀行文の体裁をとつた。さうでない珍しい例外が、生前未刊の此《こ》の『史記のつまみぐい』である。

史記の中から十三箇所「つまみぐい」をするにあたつて、宮脇さんは毎回、二千余年前司馬遷《しばせん》が書き残した伝承や史実を、三十余年前、自分がサラリーマン時代に経験した諸種の出来事と重ね合せてみてゐる。例へば、勤め先で何か事が起ると、史記に描かれたさまざまな人物の角逐を思ひ出し、「これは『史記』のあのあたりに似てゐるな」と、妙に醒《さ》めた眼で眺めることが出来たと言つてゐるし、長期ストライキの最中、会社側代表の立場で、観念論にたけた若い組合員と徹夜の交渉をした時も、「良いことは悪いことです」、秦《しん》の宰相李斯《りし》の使つたパラドックスを使つて相手を煙に巻いたと言つてゐる。

又曰《いは》く、

「失脚させる理由など、いくらでもつくれる。力関係が左右するのであつて、失脚や左遷《させん》の理由など、つじつま合せであることは、組織に身を置いた者なら（誰しも）わかることだろう」

さうして、失意の時は史記が自分を励ましてくれたし、得意の時は諫《いまし》めてくれたといふ。

かかる読み方、かかる取り上げ方がしてある為、此の史記随想は、回が進むにつれ、少しづつ私小説の風格を帯びて来る。そこが本書の特色であり、独特の持ち味ではなからうか。

史記は、二千年の歳月をへだてて、意外に身近な、ひとごとならぬ生ぐさい人間関係の物語であると同時に、宮脇俊三の文章読本であり歴史祖述のお手本でもあつた。武田泰淳《たけだたいじゅん》が自著『司馬遷』の序文（昭和三十六年平凡社版序）に、次のやうな感想を記してゐる。

「一本筋に、縦につらなる歴史を、大切にすることが、日本人の習慣であった。この習慣は、日本人の道義心をたいへんせまい、きゅうくつなものとした。（中略）立体的にみちひろがる、人間のゆたかな可能性を、エネルギッシュに吸収するためには、貧血した国内史にしがみつくことなしに、筋骨たくましい世界史へ大胆に結びついて行かなければならない」

宮脇流「つまみぐい」読後感の幾つかが、これと相呼応する。

「（史記の記述には）表もあれば裏もありで、概説しにくい。要点を取り出しにくい。そこにこそ『史記の世界』があるのであって、司馬遷の筆のまにまに、事実や噂《うはさ》の混生林に分け入って迷ううちに、人間の歴史がつくった恐ろしい深淵《しんえん》のふちに立たされる」

「自分の歴史観にしたがって都合よく史料を取捨選択するという凡百の歴史本と（史

記と）は、まるでちがう」

「私は、理路整然とした議論をする者を信用しない。理不尽だが、そう思うようになっている。『史記』の影響だろう」等々。

「つまみぐい」と言っても、宮脇さんは史記のたいへんな愛読者で、多分全篇繰返し通読してゐた。大体は「新釈漢文大系」その他の日本語訳で読むのだが、原文にあたつてみることも屢〻《しばしば》あり、その都度、筆致の簡潔雄勁《ゆうけい》なのに感嘆する。

戦国時代、魏《ぎ》の国の公子信陵君《しんりょうくん》を、食客の一人が諫《いさ》めた名高い言葉、和訳で「忘れてはならぬことと、忘れなければならないこととがある」とでもすべきところが、原文は僅《わづ》か十一文字、

「物有不可忘或有不可不忘」

となつてゐる。「つまみぐい」の著者は、

「『或』を境にして上に『不』が一つ、下に『不』が二つという構文は見事で、丹念に刻まれた十一重の塔の趣がある」

と言ひ、かういふものを読めば「文章作法の練習にもなる」と言ふ。一見平易に、淡々と書かれたかのやうな鉄道紀行文が、古代の漢文の文脈にひそかな裏打ちをされてゐることを、読者は思つてみなくてはなるまい。

史記に関し、一部列伝の拾ひ読みしかしてゐない私なぞ、作者と一緒に「つまみぐい」するのではなく、上手な「つまみぐい」の仕方を教へてもらつてゐるのだと感じる。

ただし、字義通りのつゝまみ食ひなら、味の良さは私《わたくし》流によく分る。長年の習慣で、夕食のあと一と眠りし、夜半に起きて、それから明け方までが私の読書執筆の時間なのだが、一と仕事了《を》へ、もう一度眠りに就かうとする頃、ちやうど小腹が空いて来る。冷蔵庫を覗《のぞ》いたり台所の鍋《なべ》の蓋《ふた》をあけたりして、昨晩のカレーの残りや冷えたおでんを見つけ出す。誰もゐない。誰に遠慮も要らない。無作法承知、立ち食ひで一と口頬張るその旨《うま》さ。

つまみ食ひは、どうしてかう旨いのだらう。察するに、「さあ皆さん食事を始めませう」といふやうな――、敬虔《けいけん》なクリスチャンの家庭で食前の祈りを捧《ささ》げるやうな、その種の儀礼やお行儀を一切伴はずにすむからではなからうか。

『史記のつまみぐい』の面白さについても、同じことが言へさうな気がする。これは、正面切つた史記解説の書ではない。肩肘《かたひぢ》張つたところ皆無、著者は筆の赴くまま何でも自由に書いて、私小説風「つまみぐい」の味加減、如何《いかが》なりやと、読者に問ひかけてゐる。宦官《かんがん》への言及も、問ひかけの内に含まれる。

日本は、いはゆる倭《わ》の五王の時代から大和朝廷の頃にかけて、大陸の文物制度をどつさり取り入れ、やがて向ふと対等に肩並べ合ふほどの律令国家を築き上げるのだが、その際、取り入れようとしなかつたものの一つに、宦官の制がある。支那歴代王朝の大奥にゐた宦官どもが、誰にどのやうな佞言《ねいげん》を弄《ろう》し、どんな権力を握り、如何《いか》なる害毒を流したかは、史記を参照せずとも、「世界史」規模の、天下周知の事実であらう。始皇帝に仕へた賢臣、幸田露伴《こうだろはん》が「文字と秦の丞相李斯《じょうしょうりし》」と題する論考の中で、小篆《しょうてん》の完成者として高い評価を与へてゐる李斯も、結局宦官趙高《ちょうこう》に陥《おと》しいれられて刑死し、有史以来初めての統一国家は、たつたの三代十五年で亡《ほろ》びてしまふ。宮脇さんはその事実に触れ、

「それにしても、宦官とは何者であるか。その身にならぬかぎり理解しえぬことだが、性欲という大きな荷物、まったく、仕事の邪魔ばかりをする大きな荷物を担《にな》わない彼らが跳梁《ちょうりょう》したのは当然かもしれない」

と書いてゐる。

もう一人の李、友人の李陵将軍をかばつて宮刑に処せられた司馬遷自身、ある意味で宦官と同じ境遇の人だつたが、彼は自分の死後、此の奇妙な制度が海の向ふの倭の国へ伝はるかどうか、考へてみたことも無かつたであらう。私どもはしかし、「国内

史」の此の問題を、考へてみざるを得ない。遣隋使を送り遣唐使を送り、唐様《からよう》の模倣ばかり心がけてゐた我々の祖先が、易姓革命の思想と、朝廷に宦官を置く習俗とだけは、導入するのを避けた。避けた結果、伝統の国柄をこはされずに、向ふと似て非なる独自の文化を創《つく》り出して行くのだが、その智慧《ちえ》と見識とを保持し通したのは誰か。

宮脇俊三亡《な》くなつてちやうど一年目に刊行される本書の、史記がらみで読者へ提示する極めて興味深い宿題のやうに思へる。

（「波」平成十六年二月号「つまみ食ひの味」改題）

半藤一利《はんどうかずとし》『それからの海舟』

「ちくま」に連載中、私は毎号、此《こ》の作品を読むのを楽しみにしてゐた。何がそんなに面白いのかと問はれたら、「やはり、勝海舟といふ傑出した人物の、独特の個性が」、多分さう答へただらう。それを今回、あらためて通読してみて、「待てよ」と考へ直した。個性は個性でも、一番面白いのは著者半藤一利の、頑固な、下町つ子風の、独特の人間味ではないだらうか——。

海舟その人について知りたければ、『氷川清話《ひかはせいわ》』を初め、御当人の遺《のこ》した著作がたくさんあるし、学者や他の小説家の手になる海舟伝、海舟物語も、多数世に出てゐる。「それからの海舟」には、その種の書物では得られない何物かがあるやうに思はれる。何しろ著者は向島の生れ、戦争末期家を焼かれて避難した先が越後《えちご》の長岡、言ふまでもなく朝敵の土地、そこの、「米百俵」で名高い長岡中学を卒業後、東京へ帰つて来る。したがつて、生来薩長《さつちょう》が大嫌ひ、江戸つ子大好き。維新に際しての「官軍、賊軍」なんてものは認めない。「西軍、東軍」と呼ぶ。徳川《とくせん》家に生涯を捧《ささ》げた海舟のことは、十二分の親しみをこめて「勝っつぁん」と呼ぶ。

その半藤さんが、若かりし日、「文藝春秋」の小泉信三担当編集者として、小泉邸を訪れ、勝っつぁんに関し議論を吹つかけた話が、本書の第十一章に出てゐる。慶応の元塾長は、当然のことながら福沢諭吉贔屓《びいき》で、勝海舟に対し批判的であつた。何故勝っつぁんを嫌ふかと聞く青年編集者に、五つばかり理由を挙げて、信三博士が理路整然と答へる。その気魄《きはく》にたぢたぢとなりながら、尚《なほ》も海舟を擁護するので、「小泉さんはついに不愉快そうな面持ちを消し去ることはなかった」さうである。

此処《ここ》を再読して私は、「小泉先生、そりや無理ですよ」と言ひたくなつた。「先生のお好きな野球に喩《たと》へれば、相手は熱狂的な巨人ファンで、阪神のよさなんぞ、初めから一切認める気が無いんですから。特に、巨人のピッチャー勝を語り出したら、手放しの惚気《のろけ》ッ放しで、いくら理路整然、何を仰有《おつしや》らうと、通じやしませんよ」

半藤非難の言と誤解されないやうに、もう一度念を押して置かう。著者のその、頑固な、下町つ子風の、手放しの惚気ぶりが、此の作品を殊《こと》の外面白くしてゐるのだと思ふ。小泉信三先生もし御在世なら、苦笑しつつも、面白く読まれたらうといふ気がしてならない。

実際、苦笑したくなるほど一方的な海舟礼讃《らいさん》の言葉が、作中到《いた》るところに出て来る。曰《いは》く、「江戸っ子はこうでなくちゃいけない」、曰く、「勝っつぁんならではの啖呵《たんか》といえようか」、曰く、「毅然として動かざること山の如《ごと》き勝っつぁん」――。

本来なら、作家は物語の主人公に、かういふ剝《む》き出しの親愛感を示してはいけないのである。「作中人物に惚《ほ》れるな」が創作上の一つの鉄則だといふことを、編集者時代も含めて文筆生活五十年の著者が、知らないはずは無い。半藤さんは、どうもその原則を逆手に取つた気配がうかがへる。「自分は勝っつぁんにこれだけ惚れてるんだ。仕方がないぢやないか」と、江戸城明け渡しから、明治三十二年海舟が亡《な》くなるまでの、海舟を軸にした歴史の歩みを、謂《い》はば私小説風に書き綴《つづ》つて、何とも言へぬ面白さを滲《にじ》み出させようとしてゐる。慶喜《よしのぶ》公に対する見方や、現今の時流に対する著者の憤激ぶりに、評者として多少の異論が無いではないが、海舟礼讃の裏づけとなる史実も、「歴史探偵」の名にふさはしく、丹念に調べ上げてあつて、興味津々《しんしん》のエピソード（例へば慶喜をロンドンへ亡命させる計画）が次々披露される。プライベイトなことを言へば、私の亡父は長州の出、私どもの本籍は現在も山口県にあり、半藤さんにさんざん罵《ののし》られてゐる「薩長の田吾作《たごさく》」なのである。田吾作の児孫が面白いと保証するのだから、此の作品ほんたうに面白いですよ。

（「ちくま」平成十五年十二月号）

世界最古の王室

講談社学術文庫の『昭和天皇語録』（黒田勝弘・畑好秀編）は、昭和の陛下が御即位後六十余年間、折にふれて洩《も》らされた片言隻語《せきご》を、色んな文献から拾ひ集め、年代順に編みとどのへたもので、読んで行くと、陛下の側近にゐてはらはらしながら昭和史の成行きを見守つてゐるやうな深い興趣を覚える。特に、昭和二十年八月敗戦までの約二百頁《ページ》分がさうである。

中には「勅語」の類も含まれてをり、その種表現が形式的なものは別として、思はず本音を吐露されたかの如《ごと》きお言葉のうち、最も感銘深かつた一つは、天皇機関説に関しての天皇御本人の所懐であつた。

「これは困つた問題になるよ、ルネッサンス時代の論争と同じやうなことになるぞ」

憲法学者美濃部達吉《みのべたつきち》の、「主権は国家にあつて天皇にはなく、天皇は国家を代表する最高の機関に過ぎない」といふ学説が、議会で取り上げられ、不敬だと、軍や右翼のひどい攻撃を受けて美濃部博士は告訴される、著書は発禁になる、その騒ぎの起る昭和十年二月より少し前、満三十三歳の天皇が鈴木侍従長に内々で予告された一と言、出典は『鈴木貫太郎自伝』ださうだ。

鈴木提督が十年後、総理大臣に任ぜられ、陛下の「御聖断」を仰いで対米戦争終結の大業を成し遂げることは、あらためて書くにもあたるまい。『自伝』（昭和四十三年時事通信社刊・貫太郎大将長男鈴木一編）ならうちの書棚にある。ただし、何遍も読んだのに細部を忘れてゐる。開いてみたら、「困つた問題になるよ」の御発言がちやんと載つてゐた。それにつづけて、鈴木提督は、侍従長時代の思ひ出を、およそ次のやうに語つてゐた。

ある時「陛下は歴史学はなんの書物でご覧になりましたか」とお尋ね申し上げたところ、「白鳥《しらとり》（庫吉《くらきち》）博士から教授を受けた、箕作《みつくり》（元八《げんぱち》）博士の著作は全部読んだ」とお答へ遊ばされた。箕作博士と言へば、膨大な著作（『西洋史講話』『佛蘭西《フランス》大革命史』等）を何巻も著した歴史学の大家で、その著述を読破してゐる者は、日本にも数へるほどしかゐないはずである。ところが、書庫の整理を仰《おほ》せつかつて整理をしてゐたら、（果して）五百頁六百頁の大部の本が何冊も出て来た。内外の歴史に明るくいらして、充分な研究をなさつてをられるから、昨今の司令官などの戦略観よりずつと進んだ見通しをお持ちであつた云々《うんぬん》。

「ルネッサンス時代の論争と同じやうなことになるぞ」と、憂慮のお言葉が自然に出て来る所以《ゆゑん》であらう。「機関説でいいではないか」と時の首相岡田《をかだ》啓介《けいすけ》大将に言はれたことも、『昭和天皇語録』の別の頁に出てゐる。

陛下のお考へを、政治面に出来るだけ反映させて、日本の軍国化の行き過ぎ（すなはち滅亡への道）を防ぎたいと願つてゐた岡田鈴木の両提督は、翌昭和十一年二月二十六日、「君側の奸《かん》を除く」を合言葉に立ち上つた叛乱《はんらん》軍部隊に、就寝中襲撃される。あの日二人が、九死に一生を得ず、もし叛乱軍の計画通り射殺されてゐたら、昭和二十年夏以降の日本はどうなつたか、全く見当がつかない。

それにつけても、「天皇絶対」を唱へて国民を畏怖《いふ》させ、「不敬」の名目のもと、あらゆる合理的言論を封殺し、陛下の御意志と正反対のことばかりやつたのが、昭和の陸軍であつた。学術文庫の『語録』から、それがはつきり読み取れる。

では、立憲君主としての陛下の、お考への座標軸のやうなものは何処《どこ》にあつたか。『語録』を読みながら私は、新渡戸《にとべ》稲造《いなぞう》『武士道』の一節を思ひ出した。此の名高い著作（岩波文庫版・矢内原忠雄訳）の中で、新渡戸博士は、国家と君主との関係について、プロイセンのフレデリック大帝（フリードリヒ大王）と和朝の米沢藩主上杉鷹《よう》山《ざん》が、ほぼ同じ時代、ほぼ同じ見解を表明したことを指摘してゐる。「王は国家の第一の召使である」がプロイセン王の言葉、「国家人民の立てたる君にして、君のために立てたる国家人民には無之候《これなくさうらふ》」が鷹山公の残した言葉、歴史のお好きな陛下は、多分これをよく御承知であつたらう。東宮御学問所の設置された大正三年、新渡戸の『武士道』（原文英語）は、初版発行以来すでに十五年が経過し、世界的名著として知られてゐた。おそらく、此の本自体を読んでをられた。

読んで、直接間接どんな影響をお受けになつたかは分らないし、もしかすると『武士道』、フリードリヒ大王の言葉、上杉鷹山の言葉、全く御存じなかつた可能性も考へられるけれど、仮りにさうだとしても、皇室には「民安かれ」と天に願ふ古い伝統があつた。新渡戸自身、「彼は民の父であり、民は天より保護を委《ゆだ》ねられたる子であつた。（中略）かくて民衆の世論と君主の意志、もしくは民主主義と絶対主義とは融合した」と書いてゐる。執筆の時期より察して、新渡戸博士の「彼」に大正天皇以後の天皇は含まれないが、「国家第一の召使」の立場を自覚し、伝統を堅持して、国民の安泰を何よりも強く望んでをられたのが、明治の「彼」の嫡孫《ちやくそん》にあたる方だつたといふ気がする。結果として、その方の御代《みよ》に、日本国民は古今未曾有《みぞう》の戦争の災害を蒙《かうむ》るのだが、B29の空襲で明治宮殿が焼け落ちた時、「これでやつとみんなと、おなじになつた」と洩らされたのや、ポツダム宣言受諾に際し「自分の身は如何《いか》にならうとも」と仰せられたのや、その類《たぐ》ひのお言葉が、陛下のほんたうのお気持は奈辺《なへん》に在つたかを証してゐるやうに思へる。

私ども世代の者にとつては「若い皇太子さま」だつた今上陛下（今や古稀《こき》に達せられた）も、明らかにお父上の姿勢を受け継いでをられるし、徳仁《なるひと》皇太子殿下も同じである。亡きエドウィン・ライシャワー博士は、「The world oldest monarch」と言つて天皇家に敬意を表したが、事実日本の皇室は、有史以来易姓革命の波に見舞はれたこと絶えて無く、昭和の大敗戦でも瓦解《がかい》せず、永つづきの世界記録を保持してゐる。何故世界最古の王室であり得たか、どうも、半ば神話の第十六代天皇の名の象徴する「仁」と「徳」とを以て民に臨むのが、歴代天子の伝統になつてゐた（例外はある）から、民の方もそれを感じ取つてゐたから、といふ気がしてならない。

此の王室は大事にした方がいいと思つてゐる筆者の立場で、もう一つ書き添へて置きたいのは、天皇家と私どもとの血のつながりである。「え？　冗談でしよ。うちは皇室と血のつながりなんか無いよ」、大抵の人がさう言ふだらうけど、ちよつとお待ち願ひたい。

私なら私が、祖父母、曾祖父母《そうそふぼ》、その又曾祖父母と、家の系譜を過去へ溯《さかのぼ》つて行くと、直系尊属の数は鼠算《ねずみざん》的に増えて、二十代前の時点で、百四万八千五百七十六人の御先祖様が全国に散らばつてゐる勘定になる。三十代前だと、約十億七千三百万といふ数字が出て来る。第百二十五代今上天皇の三十代前は花園天皇、時代は鎌倉後期、一人々々の現代日本人の、七百年昔の、十億を超すぢいさまばあさま（重複を除くと実際は千万人単位か？）の中に、花園天皇の御近縁、公卿《くげ》や親王は一切入つてゐないと考へる方が、むしろ不自然であらう。こんな計算、自分ではやれないが、コンピューター関係の専門家に教へてもらつた。

つまり、日本のやうな、歴史が古く、而《しか》も民族の種が単一に近い国家では、どんな階層のどんな職業の人でも、皇室の遠縁になるといふことだらう。例へば我が家の場合、父は山口県の農家の出で、九代前の先祖は名前すら不明だから、証拠になる系図も何もありはしないけれど、計算上、天皇家と遠いかすかなつながりを持つと考へて、決して荒唐無稽《こうとうむけい》の思ひ上つた話ではないらしい。要するに、皇室は日本人みんなにとつて、本家なのである。

「皇室と天皇は、現代の日本でどんな役割を果してをられるか」といふのが「諸君！」編集部からの問ひかけだが、私の答は「仁を以て立つ本家の役割を果してをられる。その為、分家末家の者がみな、尊敬の念としたしみの情とを持ち、彼らの手で本家が守られてゐる」、大体そんなところに落ち着きさうだ。

「本家大嫌ひ」な人が相当数ゐるのは事実だし、ゐても止《や》むを得ない。それぞれの分家の御勝手だけれど、あの人たちがマジョリティになることは、今後とも無いだらう。何故なら、彼らの多くは、西欧史の皇帝とやまとの国独自の歴史遺産みたいなすめらみことを、ごつちやにして嫌つてゐる傾向があるから。

（「諸君！」平成十六年七月号）

妃殿下、ハワイの休日

高輪《たかなわ》一丁目の高松宮邸表門は、昼間あけ放しになつてゐて、警護の者は一人も立つてゐない。宮様（宣仁《のぶひと》親王殿下）が、過剰警備大変お嫌ひで、「交通を遮断し、国民をみんな遠ざけて、警察に厳重な警戒をしてもらはなくては守れないやうな皇室なら、とつくの昔に亡《ほろ》んでるよ」といふお考へだつたから、殿下薨去《こうきょ》後も、御遺志通り表門あけ放しの状態はつづいてゐた。

ただし、御門の真向ひ、道一つへだてたところに小さな交番がある。出入りする人と車を、駐在がそれとなく監視してゐる。かつて過激派が火焔瓶《かえんびん》を投げ込んだ前例もあり、警察側としてはさうせざるを得ないのだらう。

平成八年六月末の某日、此《こ》の交番の巡査が、徒歩で邸内へ入つて行く不審な中年男を認めた。男は派手なアロハ・シャツを着てゐた。走り出て、

「もしもし」

呼びとめてみると、中年男は、近所に住む喜久子妃殿下の侍医、国立がんセンターの山口建博士と分り、「失礼しました」といふことになつたけれど、一体山口先生は何故そんな恰好《かつこう》をしてゐたのか――。

その月の初旬から中旬にかけて、妃殿下は山口医師を含む随員一行と共に、ホノルルのホテルで暮してをられた。ハワイ日系人連合協会に招聘《しようへい》されて、三十六年ぶりの御訪問、まる十日間の御滞在だつたが、よほどお楽しかつたらしく、御帰国後、旅のビデオを見ながら一夕ハワイの思ひ出を語り合ひませう、ついては男性はアロハ・シャツ、女性はムームーで食事にいらつしやいと、関係者一同にお召しがあつたのである。

お招きを受けた者のうち、主婦の友社の大古参重役高村とし子女史は妃殿下のプライベイトな相談役のやうな立場、石塚弘御用掛、松下正《みち》侍女長、佐藤進事務官の三人は、何十年来両殿下に仕へて来た側近中の側近、私は相談役でも側近でもないけれど、ホノルルの町のことなら詳しい。それに、妃殿下に仰《おほ》せつかつてやつてゐる『高松宮日記』編纂《へんさん》刊行の作業が、大体半分まで片づいてゐた。さういふ事情で、一日早くホノルルへ着いて一行をお迎へし、一日残つて皆さんの出発を見送り、帰つて来て此の日のアロハ・パーティにも、女房共々お召しにあづかつたのであつた。

佐藤事務官の撮つたビデオを見、アルバムに収めたカラー写真を見てゐると、ホノルル御滞留中の日々がありありと思ひ出された。と言つても、年何回かハワイで暮す私には、画面の風景そのものがなつかしいわけではない。三十何年も再訪の機会を得られなかつた妃殿下が、さぞやなつかしく思つていらつしやるだらうなと、そのことの方がしきりに頭を去来した。

靴も沓下《くつした》も脱ぎ捨てて、芝生の感触、渚《なぎさ》の感触を素足でしみじみ味はつてをられるかのやうなカラースナップが、何枚もある。後日談だが、高村女史は、これを見たさる御老女から、

「いやしくも親王殿下のお妃《きさき》をはだしにさせて、そのお姿を写真に撮るとは何事ですか」

と叱《しか》られたさうだが、御当人としてはこよなく気持がおよろしかつたに違ひない。

ハワイでの御日程を現地の日付入りで略記すると、六月六日朝ホノルル国際空港御到着、御宿泊先は最初の五日間カハラ・マンダリン・オリエンタル・ホテル、あとの五日間ハレクラニ・ホテル、御公務に類することは、先方との連絡、車の手配、天江喜七郎総領事夫妻と岩田義正領事の手ですべてととのへてもらつたが、お齢《とし》からして、

あまり過密なスケジュールにならぬやう配慮されてゐた。ハワイ州の初代知事、三十六年前お会ひになつたウィリアム・クイン老夫妻をホテルの部屋で接見なさつたのを別にすると、大きな公式行事が二つあつた。

一つはホノルル市内のハワイ日本文化センター御視察、同センターで仲嶺真助《なかみねしんすけ》日系人連合協会会長主催の歓迎午餐会《ごさんかい》、妃殿下がお言葉を述べられて乾杯、参加者みんなでアロハ・オエを合唱して終つた。

もう一つは日系人の病院として名高いクアキニ・メディカル・センターを訪れて、寄附金（五千ドル）贈呈の簡単な儀式のあと、資料室御見学、癌《がん》病棟や老人ホームへ入つて日系の患者たちを慰問された。老人ホームでは入居者二十八人全員に言葉をおかけになり、次々手を握つて廻つてをられた。前回、官約移民来布七十五周年記念式典参列のため、両殿下お揃《そろ》ひでいらした時は、「宮さんにシェイク・ハンドしていただいた手は死ぬまで洗はんのぢや」と言ふ老一世がゐたと、逸話が残つてゐるけれど、それから三十六年の歳月が経《た》ち、今喜久子妃殿下に手を握つてもらつてゐる老人たちは、みんなもう二世であつた。

此の種公式行事の何も無い日は、表向き「御静養」といふことになるのだが、松下侍女長たちを連れてお忍びでアラモアナ・ショッピング・センターへお出かけになつたりもするし、美容院で御髪《おぐし》のセット、オアフ島中央部のドールのパイナップル畑へドライブ、カハラ・アヴェニュの別邸に病気療養中の盛田ソニー前会長をお見舞ひと、結構お忙しかつた。

のどかなやうな多忙なやうなお忍びスケジュールのうち、一番楽しく印象深く思はれたのは、おそらくハナウマ・ベイの半日だつたらう。多種多様な熱帯魚の自然の宝庫として、世界に知られた珊瑚礁《さんごしょう》の入江、日本の皇族中最長老のプリンセスがハナウマへ行つてみたい御意向だと伝へ聞いたホノルル・カウンティ公園課のチーフは、能《あた》ふ限りの親切な措置をとつてくれた。平素シャトル・バスしか通さない崖下《がけした》の坂道へ御料車の乗入れを認め、砂浜の頃合ひの場所へ立派なビーチ・パラソルを立てて白塗りの椅子《いす》を何脚も並べ、海水汚染防止のため近頃投与禁止の魚用の餌《ゑさ》（パンや豆）も特に用意してあつた。妃殿下が例の素足になつて、ワンピースの裾《すそ》が濡《ぬ》れるのも構はず浅瀬に入り、パン屑《くづ》をお投げになると、大小何十尾もの魚が群を成し、しぶきを散らしながら集つて来て、中には妃殿下の白い足指をパンと間違へて食ひつきさうになるのがゐる。波は穏か、空はよく晴れて、椰子《やし》の葉末をわたるそよ風が快く、至極御満足の御様子であつた。

此の水遊びの翌日、仲嶺会長始め日系人連合協会の幹部、天江総領事夫妻らを招いてお礼とお別れの晩餐会、公的私的御日程の大部分がこれで終り、六月十六日昼前、ホノルルをお発《た》ちになるのだが、その朝空港へ着いて日本航空のサクラウンジへ入つたら、思ひがけぬ大男どもが大勢ゐた。二子山親方、横綱貴乃花、大関若乃花と貴ノ浪。ハワイへ休養に来てゐて偶《たまたま》と同じ飛行機で東京へ帰る関取衆とその家族たち。おやおやと驚いたり喜んだりしていらつしやる妃殿下の前で、力士連中は揃ひのお辞儀をしてみせた。国技館に皇族を迎へる時と似たやり方であつた。

かくて帰りの退屈なフライトまで、お席の周り横綱大関の、思ひ出深い御旅行となり、後日アロハ・パーティを思ひつかれるのもむべなる哉《かな》だが、一つ私が感じたのは、お子様の無い親王妃殿下の、独り身になられてから九年に及ぶ長い御日常の淋《さび》しさと、淋しさをまぎらす自由の無さとである。その後仕事の関係でお眼にかかる度、「ハワイはよかつたわね。又行きたいわねえ」と仰有《おつしや》るけれど、「ぢやあ来年の正月、私どもと御一緒にどうでせう」といふ風には事が運べないのであつた。

皇族の外遊は先《ま》づ公務であることが第一条件、その上で閣議の諒承《りようしよう》を得なくてはならない。諒承が取れて、随員の人選や日程の詰めも終つたら、お発ちの前日、御自身宮中へ上つて国を離れることを賢所《かしこどころ》に御奉告なさる。帰国時、同じく御奉告のため、もう一度賢所へお参りになる。それだけの制約が課せられてゐる。高円宮《たかまどのみや》（憲仁《のりひと》親王殿下）が「僕は姉が羨《うらやま》しいんですよ」と言つてをられたのを私は思ひ出した。裏千家へ嫁いで民間人になつた姉君容子さんは、今やパリへ買物に行かうとニューヨークへミュージカルを見に行かうと全くの自由だが、自分の場合そんなわけに行かない。仮りに自分の費用は自分で賄《まかな》ふと言つても、随員の中に国家公務員がゐる。公務員の出張旅費は国庫から支給される。遊びや休養が目的の海外旅行に、国費を使ふことは許されない。さういふ趣旨のお話であつた。

喜久子妃殿下の「又行きたいわねえ」が、私の耳に段々「又行きたいけどねえ」と聞えるやうになつた。平成八年初夏ハワイであれだけお元気だつた妃殿下、翌平成九年『高松宮日記』全八巻の刊行が終つた時も平成十年中央公論社より随筆談話集『菊と葵《あふひ》のものがたり』を出版なさつた時も、未《ま》だ未だしつかりしてをられた妃殿下が、平成十一年八月、転んで大腿骨《だいたいこつ》を骨折され、それ以来御気力御体力に衰へが目立つて来た。お身体《からだ》のあちこちに故障が生じ、アイスクリームとスープぐらゐしか食物が喉《のど》を通らず、御入院御退院の繰返しが始まつた。それならいつそのこと、お好きなハワイへ入院なすつて、ふさぎ勝ちの御気分を一新、マンゴやパパイアでも召し上りながら健康恢復《かいふく》をはかられてはどうだらう、それも一つの公務ではあるまいかと、高村女史や私は言つてみるものの、そんな理屈、宮内庁と閣議とが、通してくれさうもなかつた。

五年間にわたる闘病生活、何回もの手術の末、御容態次第に悪化し、昨平成十六年、満九十三歳のお誕生日を八日後に控へた十二月十八日早暁《そうぎょう》、築地の聖路加国際病院でおかくれになつたのは、新聞テレビの大きく報じた通りである。

暮の二十六日、民間の本葬にあたる「斂葬《れんそう》の儀」が済んで、御《み》霊代《たましろ》は今、高輪の宮邸の妃殿下の御寝室だつた部屋に祀《まつ》られてゐるが、一年後宮中の皇霊殿へお移しする予定で、その時を以て高松宮は絶家となる。「もう一度ハワイへ」のお望みは、つひに果されなかつた。

＊附記

読者の中に、親王妃殿下御外遊の際、護衛はつかないのかと訝《いぶか》る人があるかも知れない。実はつくのであつて、右の文中名前を挙げなかつたハワイ旅行の随員が三人ゐる。一は、山口建先生が遅れて来着するまで、初めの三日間侍医役をつとめた札幌医科大学の元学長和田武雄老博士、二は若い看護婦の清水喜美子さん、三が側衛官としてお供した皇宮警部の小原忠夫氏である。ホテルの部屋割を見ると、もし何かあつたら側衛官と医師がすぐ駈《か》けつけられるやうになつてゐたが、幸ひさういふことは一つも起らず、二人のドクターと小原皇宮警部はいつも概《おほむ》ねひまであつた。

（「中央公論」平成十七年三月号）

クックス博士の思ひ出

戦史にはしばしば、真実でないことが真実としてしるされてゐて、長い間誰も、それが誤りであるとは気づかない場合がある。私の『山本五十六《やまもといそろく》』（戦史といふより文学作品。英訳での題名 *The Reluctant Admiral*）にも、さうした記述がかつていくつかあり、その一つの重大な事項を、「もしかしたら違ふかも知れないよ」と親切に注意してくれたのが、Dr. Cooxであつた。

今から三十三年前の話になる。第二次大戦が終つて二十二年経《た》ち、戦争中の色々なことが順次明らかになりつつあつたが、山本機を撃墜した殊勲者は米陸軍戦闘機隊のトーマス・G・ランフィャーJr.大尉といふのが当時の定説になつてゐて、それを疑ふ者はアメリカにも日本にも殆《ほとん》どゐなかつた。ランフィャー氏は「リーダーズ・ダイジェスト」に体験記を寄せ、日本版では一九六七年一月号がこれを掲載、「私は山本五十六を撃墜した」の題で多くの人々に読まれてゐた。彼の功績は、米軍の戦闘記録の上でも公式に認められてゐるところであつた。体験記発表後トーマス・ランフィャーJr.は日本へもやつてきて、山本提督未亡人に花束を贈つたり、さういふことで一層世間の注目を浴びるやうになつた。

一度此《こ》の人に会つてみたいと思つた。その頃私は、最初の『山本五十六』に大幅な加筆をして、新版を出す準備中であつた。山本長官機が撃墜されたブーゲンビル島のブインを訪れたり、山本が昔軍縮会議の代表に任ぜられて長期滞在したロンドンのホテルを訪れたり、そんなことをつづけてゐた。英国からアメリカ廻りで帰国の途中、カリフォルニア州La Jollaに住むランフィャー氏と連絡が取れた。ロサンゼルス空港近くのホテルで翌日会ふことに話が決まり、期待して待つてゐたら約束の時間に電話が掛つてきて、「実は未《ま》だLa Jollaにゐる。急用でどうしてもそちらへ行けなくなつた。今度自分が日本へ行つた時会はう。すまない」と、会見を一方的にキャンセルされた。

帰国後私は、山本の友人だつた溝田主一氏に此のことを話した。さうしたら溝田老が、「僕も同じやうな経験をしてゐる」と言ひ出した。溝田さんはスタンフォード大学の卒業生で、日本海軍の名通訳官と称され、一九三〇年代、大事な国際会議にはいつも列席してゐて、山本元帥《げんすい》とも大変親しかつた人である。

「数年前やはり、山本さんを殺した男に一度会つてみたいと思つてね、約束を取りつけ、スタンフォード同窓のアメリカ人の友達と僕とランフィヤーと三人で、ラ・ホヤのゴルフ場でゴルフをすることにしてたんだが、必ず行くと言つてゐたランフィヤーは待てど暮らせど、つひにあらはれなかつたよ」

何でも、間違へて別のゴルフ場へ行つてしまつたといふのが後日の言ひ訳だつたさうだ。今はビジネスマンの此の戦闘機乗り、何らかの理由で、山本五十六のことを詳しく知つてる日本人には会ひたくないらしい、何故《なぜ》だらうと、不思議に思つた。

それから一、二ヶ月後、一九六七年の春四月か五月のある日、私はサンディエゴ州立大学教授の Alvin D. Coox といふ未知の人から一通の手紙を受け取つた。

「山本提督を撃墜したのはトーマス・ランフィヤーJr.大尉、それが長年定説になつてゐて、あなたの著作もその定説にもとづいて書かれてゐるやうですが、最近アメリカの航空雑誌 *Popular Aviation* に"Who really shot down Yamamoto?"といふ小論文を発表した人がゐます。米空軍の退役中佐ベスビー・ホームズ、此の人は一九四三年の四月十八日、ランフィヤーたちと一緒にブーゲンビル島上空で山本機の待ち伏せをしたP38戦闘機隊員の一人（当時中尉）です。読んでごらんになることをおすすめします。御参考になると思ひます。」

さういふ文面であつた。Dr. Cooxは誰かに訳してもらつて、私の『山本五十六』（旧版、英訳本無し）の内容を充分承知してゐるらしかつた。銀座の本屋へ行つて探したら、*Popular Aviation* の一九六七年三、四月合併号が見つかつた。買つて帰つて、私は夢中になつて“Who really shot down Yamamoto?”を読んだ。「眠つた犬はそつとしておけ」といふ諺《ことわざ》にしたがつて、自分は戦後二十年間沈黙を守つて来たが、最近山本提督のことが又話題になりだし、歴史学者の書いたものの中にも重大な誤りが見《み》出《いだ》されるので、敢《あへ》て沈黙を破る気になつたと、ホームズ中佐は述べてゐる。直接攻撃に参加したP38搭乗員のうち、自分が一番機（山本長官機）の撃墜殊勲者でないことははつきりしてゐるが、軍の公式記録に記されてゐるトーマス・ランフィヤーJr.も、もしかしたら違ふのではないか。山本機をほんたうに撃ち墜《おと》したのはもう一人の別の人物ではないだらうかと、ベスビー・ホームズの記述は極めて論理的暗示的であつた。私は、溝田さんと私がランフィヤーにすつぽかされた「不思議」の原因が、これで分つたと思つた。むろん、それだけを以《もつ》て米軍の記録やランフィヤーの体験記を、虚偽だときめつけることは出来ない。しかし、正確な史実とされて来た事柄にも、のちに大きな疑問が生じる場合があるといふことだけは書ける。この問題に関し、私は安心して充分加筆訂正の上、新版『山本五十六』を出すことが出来ると、サンディエゴのDr. Cooxに感謝した。

山本機撃墜の話に少々字数を費し過ぎたけれど、此の時からクックス博士と私の個人的交りが始まつたのである。その後亡《な》くなられるまでの三十三年間に、私は度々又、クックスさんから戦史関係の興味ある有益な教示を受けた。来日して、ご夫婦で横浜の我が家へ訪れて来られたこともある。大柄な、おつとりとした感じのクックス博士のかたはらで、日本人である奥さんの久子さんが、万事こまかく気を遣つてをられたのが強く印象に残つてゐる。夫人にして通訳兼秘書の久子さんあつてこそ、クックスさんのこんにちの業績があるのだと思つた。博士の仕事の特徴は、日本のかかはつたもろもろの戦争を研究するにあたつて、政治的な時代風潮とか国民感情とか、その種のもので眼を曇らせるのを一切避けて、本物の史実だけを掘り当て、書き残さうとされたことだと思ふ。私以外にも、貴重な示唆《しさ》を与へられた学者文筆家が、日米双方の側に大勢ゐるはずである。

十年前の名著、邦訳『ノモンハン　草原の日ソ戦、一九三九』が、結局最後の大作となつた。享年《きようねん》七十五歳、私より四つ若かつた。日本が無謀の対米戦争を避けること を得ず真珠湾への道へ突き進んでいつた過程を、此の人の筆でさらに徹底的に解明してもらふことが出来ずに終つたのは、惜しみても余りありの感じがする。

ついでながら、山本機をほんたうに撃ち墜したのが誰かについては、その後アメリカ側関係者の長い間の地道な調査、努力が実り、レックス・バーバー中尉（当時）だつたことがあきらかになつて、今では公式記録も書き改められてゐる。トーマス・ランフィャーJr.は、それよりずつと前に世を去つた。

こんな風に書き列《つら》ねてゐると、ずゐぶん古い話であることに、あらためて驚きを感じる。クックス博士の最初の手紙をもらつたのが三十三年前、山本長官戦死まで遡《さかのぼ》ると五十七年、此の追悼記にも、もしかすると史実（？）の誤記があるかも知れない。天国から「あそこはちよつと違ひます」とクックスさんの声が聞えて来さうな気がして、それで博士の面影がよけいなつかしい。

（Hisako Coox『クックス博士の歩んだ路』平成十七年九月刊）

五里霧中の我が文学論

戦争に負けて、翌年春、焼け跡の広島へ帰つて来た私は、今後どうやつて生きて行くか考へた挙句、やはり、海軍に入る前志してゐた文学創作の道へ立ち戻る他あるまいと、気持を定めて上京、旧知の谷川徹三先生御夫妻に、「今は新しい人の出る時ですよ」と励まされ、身辺雑記風の短篇二つ、試みに書いてみた。謂《い》はば私の処女作だが、処女作二篇のうち短い方、十八枚のものを、及第点と認めて採つてくれたのが、昭和二十一年九月号の「新潮」である。以来五十八年の歳月が過ぎた。掲載誌のコピーを送つてもらつて目次を見ると、モーリヤックとアランと、二人の外国人を含めて計十七人の小説家、学者、評論家、画家が名前を列《つら》ねてゐるが、私以外の全員、すでに故人である。どうやら私は、平成文壇のシーラカンスの如《ごと》き存在と見られてゐるらしく、創刊百周年を迎へる「新潮」編集部が、生きた化石にも何か寄稿をと考へるのは出版界の慣例上当然で、五十八年間世話になつた手前、こちらも引き受けざるを得ない。

仮タイトル「創作の秘密」、自分は何故小説を書くか、自分にとつて書くことはどんな意味があるか、それを書けといふのが編集部の最初の御註文《ごちゆうもん》だつたけれど、困るねえ。創作上の秘密秘伝があつたら、誰かに教はりたいのが本音で、何故書くか、書くことの意義は何か、今以て五里霧中、よく分らないのだから。

ただ、霧の中での手探りにしろ、半世紀と八年、文章を書いて暮して来て、自然に会《え》得《とく》したものは幾つかある。師と仰ぐ運命に在つた志賀直哉、志賀門下の先輩瀧井《たきゐ》孝《こう》作《さく》さんや尾崎一雄さんのさりげない発言。また口やかましい文芸誌の編集者の片言隻《せき》句《く》からも影響を受けたけれど、私の場合、「かうしなさい」よりむしろ「かうしてはいけない」の、仏教語で言ふ戒律の方が強く頭に残つた。気宇壮大な文芸創造論には到底なり得ず、自分だけで心得置くのが本当の、そのべからず集を、思ひつくまま書きしるして、編集部要望に対するせめてもの責めふさぎにしようと思ふ。

小説は、何を取り上げてどう扱つても構はない、大変間口の広い芸術分野だとよく言はれるが、何をテーマとするにせよ、私どもが作品組立てに用ゐる言語は日本語である。創作意欲、といふか小説作りの意図ばかりが先走つて、伝統ある国語の語法をなほざりにするやうなことは、決してしてはならぬ、私のべからず集の第一条はこれになる。「あたり前の話ぢやないか」と、反撥《はんばつ》を示す文筆家もゐるだらうが、シーラカンスの立場で一つ附け加へたいのは、「人間誰しも自惚《うぬぼ》れがあるのでね、擱筆《かくひつ》した時、苦心した甲斐《かひ》あつて今度の作品割によく出来たと思ふのが人情ですが、実際は当人が思つてゐるほどよく出来てをりません。てにをは一つ一つも微妙なもので、その扱ひ方が文章の美と醜とを分ちます。一行々々ちやんと処理してあるか。謙遜《けんそん》し過ぎもいけませんが、自惚れつ放しはいけない。自己採点九十点の作品なら、三割引きの六十三点が公平なところぢやないでせうかね。三十年前四十年前の自分の小説を読み返してみて、はつきりさう感じます」――。

もう一つ附け加へて置きたいのは、仮名遣《かなづかひ》について。

政府が「現代かなづかい」を制定、内閣総理大臣の名で告示、公布、「今後各官廳《かんちよう》においては、このかなづかいを使用するとともに、廣《ひろ》く各方面にこの使用を勧め」と、実施方指示したのは、私の処女作の載つた「新潮」が書店店頭に出て約三ヶ月後の、昭和二十一年十一月十六日であつた。

「こんなもの、いやだ」と思つた。「完全な表音式ともちがふ矛盾だらけの、一夜作りの、曖昧《あいまい》極まる国語表記法で、これを『仮名遣』と認めるわけには行かない。一遍や二遍戦争に負けたからと言つて、二千年の歴史を持つ自分の国の、言語体系の基礎をめちやくちやに壊してしまふ馬鹿が何処《どこ》にあるか」と思つた。

半人前以下の無名作家であらうとも、自分は、契沖《けいちゆう》以後昭和の橋本進吉先生まで、先人たちが二百五十年かけて作り上げた日本語の正書法、歴史的仮名遣に則《のつと》つて文章を書く、それでは世に容《い》れられないと言ふなら容れられなくて構はない、そのくらゐのつもりだつたが、幸ひなことに、「各官廳」や官庁に追随した新聞社とちがつて、文芸誌を発行する出版社はみな、歴史的仮名遣の使用を認めてくれた。おかげでこんにちまで、「現代かなづかい」の原稿を書くことは一度もせずに済んでゐる。

さて、してはいけないい心得帖《こころえちょう》の、二番目に何を挙げよう。「二十枚で書ける材料に五十枚も七十枚も費すな」はどうだらう。千数百枚の長篇を、「新潮」誌上だけで何回か連載してゐる私としては、これ亦《また》半ば自戒の言葉だけれど、東洋には水墨画の伝統がある。本来支那のものだが、鎌倉期以降我が国に根づいた。伊勢神宮の建築様式や、京料理の料理法や、そのほか各種、日本独自の文化形態と併せ考へると、墨絵が日本に根づく下地は充分あつたやうに思へる。

塗つた上にも塗り上げて、絵具の厚味がそのまま作品の重厚さになつてゐる泰西絵画の主流と、全く逆の、色彩を使はず、空白を残し、描いてないところ、ぼかしたところに深い気品を漂はせる水墨画の技法は、文芸の世界へも移植し得る技法で、事実、志賀直哉、芥川龍之介、瀧井孝作、その他幾人かの作家の幾つかの短篇に、東洋古美術、特に墨絵、或は書の影響らしきものが見出《みいだ》せる。

さういふ文学作品を自分も創《つく》り出してみたいと思ふなら、間の取り方を学び、二行空きで途中省略、話を飛躍させる手法を学び、語句は削りに削つて、五十枚を十五枚に縮めるくらゐの覚悟が要る。やり過ぎて失敗する例もあるから中々難しいが、尾崎一雄さんはよく、「下を向いて書くな」と言つた。作者がつい高みに立つて、「此のこと、もう少し詳しく説明して置かないと、分らない読者がゐるだらう」などと考へるのは余計な御世話で、出来栄えは必ず冗長且《か》つ通俗になる。芸術に対する鑑識眼の、自分よりはるかに上の人が読むかも知れない、実は森鷗外と幸田露伴が、来月号の君の作品、あの世で待つてるよと言はれたら、書けることと書けないこととがある筈《はず》である。

その点私小説は強い。戦後の一時期、いけないものの標本のやうに貶《おと》しめられたけれど、私は、他力本願の仏教思想に裏打ちされた、我が国独特の、貴ぶべき文学様式だと思つてゐる。葛西善蔵《かさいぜんぞう》や嘉村礒多《かむらいそた》、木山捷平《しょうへい》、仮りに彼らが自作を携へて鷗外露伴の前へ出たとして、何の臆《おく》するところがあらう。その中でも私は、木山捷平さんのやうな奇妙なをかしみのある私小説が好きだ。
どんな陰惨な軍隊体験、敗戦引揚げの大苦難も、如何《いか》に哀切な男女の愛欲関係も、根本的には、凡《すべ》ての哺乳動物が何万年来やつてゐるのと同じことをやつてゐるのであつて、少し立脚点をずらせば、陰惨や哀切が、必ず一抹《いちまつ》の滑稽味《こっけいみ》を帯びて来る。雌に嫌はれて、強い雄に追はれて、吠《な》きながら氷の海へ飛び込む哀れなオットセイを想像してみるがいい。ただし、それを笑へるのは人間だけで、他の哺乳類にユーモアのセンスの持ち合せは無い。人間の人間らしさを描き出すのが文学の使命であるなら、ユーモアといふものを作品の味つけ剤程度に考へてゐてはいけませんよと、そのことを最後のべいからずにして、概《おほむ》ね五里霧中の感想文を終ることにする。

（「新潮」平成十六年六月号「五里霧中」改題）

蘆《ろ》花《か》と軍歌

世田谷文学館の「文学館ニュース」が、毎号佐伯彰一《さえきしょういち》館長と作家との対談を載せてゐる。本年最終回分のその対談相手を私にと御指名があり、十月末の某日烏山《からすやま》まで出かけて行つた。佐伯さんの待つ館長室へ入つて、「やあやあ」と言ひながら脇机《わきづくえ》の上を見れば、当館所蔵の私の著書が、新旧取りまぜて沢山置き並べてあつた。『舷燈《げんとう》』の初版本らしき物も出てゐる。御配慮に対し御礼申すべき立場なれど、私は自分の文学を語るのが苦手で、特にかういふ四十年も前のわたくし小説、触れられるのは羞《はづか》しくていやだ。気づかないふりをしてゐたのに、対談が始まつて三、四十分経《た》つた頃、

「ところで昔『群像』に発表なさつた『舷燈』ね」

佐伯館長が言ひ出したから、慌《あわ》てて、

「僕の作品のことはもういいです。それより佐伯さんが初めて小林秀雄に会つた時の話をしなさいよ」

と、鉾先《ほこさき》をそらしてしまつたが、実を言へば『舷燈』といふ題名の由来自体に関しては、強い懐旧の情があるのである。それは明治三十七年日露戦争の初期、旅順港口閉塞《へいそく》作戦に参加する七十七人の将士の心情をテーマにした、私の好きな海軍軍歌「決死隊」の一節、「舷燈消して静々と」に拠《よ》つてゐる。触れるなら「あの歌、佐伯さんも覚えてるでしよ」とそちらを話題にしたかつたのだが（佐伯館長は第二次大戦中私と似た境遇の学徒出身海軍中尉）、藪《やぶ》をつついて作品論へ、蛇の後戻りが始まると困るから、結局口にせず、無事対談終了、自分の車で帰途についた。

環状八号線へ出る少し手前に、蘆花公園（都立蘆花恒春園）の入口がある。駐車場が空いてゐるやうなので、ちよつと寄つてみることにした。入場無料の広い園内、人影少く閑散としてゐた。孟宗竹《もうそうちく》の立派な林を過ぎて遺品の陳列館に入り、写真や手紙や農器具の類、ゆつくり見て廻つてゐるうち、「蘆花夫妻愛聴のレコード」を再生して聞かせる箱型の押しボタン式装置があるのに気づいた。選べるレコード（多分未《ま》だ蠟管《ろうかん》）計八本、おしまひの八番目が何かを示す五文字を見て、私は「えッ」と声を上げたくなるほど驚いた。「軍歌・決死隊」と書いてあつたのだ。一番から七番まで、「文芸浪曲・不如帰《ほととぎす》」、「浪子の唄《うた》」、「からたちの花」、「落語・素傘」*など、それぞれ「愛聴」の理由を推察出来るけれど、徳冨蘆花と軍歌とは一体何事なりや。而《しか》も、つい三十分前佐伯彰一さんに言ひかけて口にしなかつた私の愛唱歌を、蘆花も好きだつたとは、まことに変てこな偶然で、「ほんたうにあの軍歌なのか」と半信半疑、⑧のボタンを押したら、まさしくその曲が聞えて来た。我が旧作の題名の出所はこれの四節目、「浪の穂のみぞほの白き／黒白《あやめ》も別かぬ海原を／舷燈消して静々と／死地に乗り入る船五隻《せき》」――、海軍の軍歌にしては珍しく歌詞もメロディも大変哀調を帯びたものだが、海軍生活の経験者以外、知つてゐる人は殆《ほとん》どゐない。同じ旅順口閉塞隊の歌でも、「轟《とどろ》く砲音《つつおと》飛来る弾丸」の文部省唱歌、今尚《いまなほ》一般国民の間でよく歌はれる「広瀬中佐」と知名度が全くちがふ。蘆花はどうやつて此の軍歌のレコード（蠟管？）を見つけ出したのだらう。数ある日露戦争関係の軍歌の中から、特に「決死隊」一曲だけを選んで「愛聴」したのは何ゆゑか。

　全九節、不思議な思ひで聞き終つて家へ帰つて来た私は、書棚から岩波文庫の「みみずのたはこと」上下二冊を取り出した。「蘆花と軍歌」の謎《なぞ》を解き明かすやうな記述が無いか、久し振りに再読してみるつもりであつた。蘆花徳冨健次郎が、「みみずのたはこと」の舞台となる東京府下千歳《ちとせ》村字粕谷《かすや》（蘆花恒春園の現在地）へ居を定め、「美的百姓」生活に入つたのは、日露戦争終結後二年目の明治四十年二月である。トルストイに心酔してゐる蘆花と雖《いへど》も、日本の勝利は嬉《うれ》しかつたらうし、日本軍将兵の勇戦ぶりを称《たた》へる歌曲を聞けば、時には胸躍る思ひ、時には胸痛む思ひで「過ぎしいくさ」の日々を回想したかも知れぬ。その痕跡《こんせき》を見つけたかつたのだが、三日三晩かけて通読の結果は、無駄骨折りに近かつた。作品そのものは面白くて充分再読に値したけれど、目下の疑問は何も解けなかつた。

もつとも、better than nothing とでも言ふべき箇所が二箇所あつた。一つは上巻の二五二頁、小文「綱島梁川君《つなしまりようせん》」の中に、東京大久保余丁町の梁川宅を訪ねた蘆花が、「旅順閉塞に行く或船で、最後訣別《けつべつ》の盃を挙ぐる」時の逸話を語つて聞かせたら、梁川が「面白いな」と言つたと、「逸話」の内容も含めて三、四行の記載がある。ただし、乗組の決死隊員七十七士を謳《うた》つた軍歌に関しては言及が無い。

二つ目は下巻の二〇頁「蓄音器」、書き出しが、「あまり淋しいので、昔は嫌いなものゝ一にして居た蓄音器を買った。無喇叭《らつぱ》の小さなもので、肉声をよく明瞭《めいりよう》に伝える。（中略）あたりが静《しづか》なので、戸をしめきっても、四方に余音《よいん》が伝わる。蓄音器があると云う事を皆知って了《しま》うた。そこで正月には村の若者四十余名を招待《しようだい》して、蓄音器を興行した」云々《うんぬん》となつてゐる。ただし、掛けたレコードの一つが海軍の軍歌だつたとは、やはり書いてない。「みみずのたはこと」だけでなく、蘆花全集を隅々まで丹念に読めば、「浪の穂のみぞほの白き」の軍歌と蘆花との不思議なかかはり合ひに関して、何かもう少しはつきりしたことが分るのかどうか、蘆花研究家の教へを乞《こ》ひたいと思ふ。

＊「素傘」といふ落語を私は知らない。落語事典にも出てゐないさうだ。試聴してみると、三遊亭なにがしの噺《はなし》の一部分らしいが、非常に聞き取りにくく、委細不明。

（「群像」平成十八年一月号）

舷燈《げんとう》消して

戦争が終つて敗残の故国へ無事帰つて来た時、私は一方でしみじみ生き永らへた喜びを感じながら、他方、心のどこかにある種の無常感を棲《す》みつかせてしまつたやうな気がする。だからと申すべきか、復員上京して間もなく、某文芸雑誌で、川端康成《かはばたやすなり》さんの、敗戦直後書かれた悲哀にみちた感想文を見出《みいだ》し、深い感動と共感を覚えた。

「私の生涯は『出発まで』もなく、さうしてすでに終つたと、今は感ぜられてならない。古《いにしへ》の山河にひとり還《かへ》つてゆくだけである。私はもう死んだ者として、あはれな日本の美しさのほかのことは、これから一行も書かうとは思はない」

感動共鳴したにしては、その後の四十数年間、書かずもがなの駄文をたくさん書いてゐると自分で思ふけれど、いはゆる流行作家になりたいといふ望みだけは、つひに一度も持たなかつた。才能の乏しい人間の意地やひがみと人の眼に映るかも知れないが、戦後の急激な文運隆昌《りゆうしよう》をふくめて、私は、新しい時代風潮のほとんどすべてが気に入らなかつたのである。日本の過去を事ごとに悪く言ひ、皇室をないがしろにし、勝ち誇つたやうに「民主主義」を称《たた》へるジャーナリズムの勢ひを見てゐると、負けつぷりが卑《いや》しいといふ気がした。あの仲間に加つて世間にもてはやされるのなぞ、誰に何と言はれようと御免蒙《かうむ》りたいと思つてゐた。

その後、昭和二十四年の秋、今の家内と結婚するのだが、自分は男女同権なんて認めないよ、民主主義も、それが共産主義の曖昧《あいまい》な賛《たた》へ言葉であるかぎり絶対に認めないし、亭主もこれからは台所で皿を洗へといふやうなアメリカ流女権拡張論を唱へる気なら、それもやはり認めないからねと、世間知らずの若い女房に絶えずお説教を聞かせた。今では当時の私より年上になつたうちの長男長女が、共に母親思ひで、「母さん、どうしてこんな人と結婚したのかネ」とか、「よくも長い間辛抱して、こんなもんと一緒にゐたね」とか言ふけれど、実際客観的に見れば、偏屈で頑固で心の歪《ゆが》んだいやな亭主だつたらう。初めて生れた子供に、あまり当世向きでない、而《しか》も当用漢字に無い名前をつけて区役所へ届けに行くことを私小説風長篇『舷燈《げんざえもん》』の作中書いてゐるが、あれも、最初考へたのは、「鉢の木」の故事から取つた源左衛門という名前であつた。そればかりはこの子が小学校へ上つてから可哀《かはい》さうだと、家内の強い反対でやめにしたが、赤児の名前一つにせよ、戦前戦中の国粋趣味と打つて変つて「民主的」な、女の子の場合キャバレーの女給の如《ごと》き命名を世間でしてゐるのが、私は気に食はなかつた。

もともと我儘《わがまま》な癇癪《かんしやく》持ちである上、敗戦後の世相時流みな気に入らぬと言つて、外で発散しかねる憤懣《ふんまん》を、私は家庭で、別のかたちで爆発させる。内心どう思つてゐたか保証のかぎりでないけれど、それでも家内はともかく私にしたがひ、私の寸法に自分を合せる努力をし、家事育児に専念して、別に家出騒ぎも起さず、長年私と一緒に暮して来た。当然の帰結ながら、親戚《しんせき》知友の間で、女房が讃《ほ》められることこそあれ、私の評判は常に悪かつたのだが、捨てる神あれば拾ふ神あり、わが家のさういふ近年稀《まれ》なる（?）夫婦関係に、編集者として関心を持つたのが、友人でかつ「群像」の鬼編集長だつた大久保房男である。大久保自身、家庭においても相当な「鬼」だつたらしいから、似たやうな海軍帰りの偏屈者がゐることを面白く思つたのかも知れない。お宅の家庭生活を「群像」一挙掲載の三百枚ぐらゐのものにまとめてみないかと、脅したりなだめたりしながら根気よくすすめてくれた。題名を仮りに「舷燈」と決めて、やる気になつたものの、書き直し書き直しでずゐぶん手間がかかつた。前後三年あまりを要したやうに記憶するが、結婚して十七年目の昭和四十一年春、何とか雑誌発表の段階に漕《こ》ぎつけ、そのあと若干の手直しをすませて同年十月本にすることが出来た。

それから又、二十年以上の歳月が経《た》つた。生物界の法則だと、雄はいくら大きな図体して威張つてゐるやうに見えても、生殖の役目を終つたら速かに消えてしまふものらしい。人間世界ではさう簡単にすつきりと事が運ばず、私も、老いのさかひにさしかかつて、一応未《ま》だ元気にしてゐるけれど、さすがもう、かつてのやうな乱暴はしなくなつた。口叱言《くちこごと》を言つたり、時に癇癪を起して声を荒らげたりする程度になつた。しかも、お前に先に死なれると、俺は下着の置き場所から貯金通帖《つうちよう》のしまひ場所まで一切分らなくなる、困るからねと、度々口にする始末で、これはすでに、生物界のヲスメスの原則がわれらを支配してゐるといふことかも知れない。幸ひ家内は、敵《かたき》を討つてやる時が来たとも、亭主が「非民主的」な亭主で不幸な一生を送つたとも思つてゐないらしい。新しく文庫（講談社文芸文庫）のかたちでこの作品を見て下さる新しい世代の人たちには、もしかすると古代人の物語のやうに思はれるだらうが、ともかく、国が無謀のいくさに敗れて価値観の大変動が起きた時代に、文字通り蟷螂《とうろう》の斧《をの》を振り廻した一匹の変な雄がゐて、雌に食ひ殺されることもなく、四匹の子供を作り、さうして今は無事老いたといふことなのである。

（講談社文芸文庫『舷燈』昭和六十三年十二月刊「蟷螂の斧」改題）

『雪の進軍』

渋谷新宿あたりに軍国酒場大繁昌《だいはんじよう》だつた頃、人に誘はれて何度か入つてみたことがあるけれど、ほんものの海軍軍歌は演じられてゐる気配が無かつた。案内してくれた若い友人はもとより、店の経営者も楽隊も、「ラバウル小唄《こうた》」のやうな戦時歌謡を正規の軍歌と誤解してゐるらしく、「水雷艇の夜襲」とか「艦船勤務」、「如何《いか》に狂風」などと註文《ちゆうもん》してみても、誰も知らなかつた。実は、私どもが海軍省教育局編軍事教育図書「海軍軍歌」に拠《よ》つて叩《たた》きこまれた歌詞曲譜の大部分、戦後の軍国酒場だけでなく、対米戦争中といへども、国民一般には殆《ほとん》ど知られてゐなかつたのである。

海軍そのものの評判はよかつたのに、海の軍歌が何故普及しなかつたか。要するに面白くないからだと思ふ。理数系の教育を重んじ、水兵にまでサイン・コサインを覚えさせた、その体質と多分関係があるのだらう、海軍軍歌は総じて、数字が多く、理屈つぽく、情感が乏しい。

その点、陸軍の軍歌には、兵の悲しみを切々と歌ひ上げて情緒纏綿《てんめん》、日本人の日本人らしい心の琴線に触れて来るのが沢山ある。「雪の進軍氷を踏んで」で始まる明治二十七、八年戦役厳寒の戦野の歌など、代表作の一つ、広く長く皆に愛唱された。ただし、正確に歌はれたのは昭和の初年までである。「兵の悲しみ切々」の歌詞に、やがて陸軍当局から苦情が出る。

亡《な》き司馬遼太郎説を借用すると、満洲事変以後敗戦までの十四、五年間は、本来猫であるはずの日本国民が「自分は虎《とら》だ」といふ幻想に取り憑《つ》かれ、あたりの迷惑構はず駈《か》け廻り始めた時代、新聞がこれを囃《はや》し立て、国民全体奇妙な夢見て悪酔ひ状態なのを、どんな政治家も、元の猫に戻す政治力は発揮出来なかつた。猫虎に「はげしく欠けているものは、他国や他民族への思いやり」で、「この〝日本だけよければよい〟という思想が、明治人が命をかけてつくった国家を、たった二十年でつぶした」と、遺著『風塵抄《ふうじんしょう》二』(中央公論社刊)に記されてゐる。

他国他民族への思ひやりを持ち合せない者は、自国の兵士への思ひやりも持ちにくく、「なまじ生命のあるそのうちは」とか「どうせ生かしちや還《かへ》さぬつもり」とか、「雪の進軍」のあちこち、何とも女々しく愚痴つぽく、虎の体面上不相応で怪《け》しからん文言だといふことになつて来る。

此《こ》の軍歌の第四節は、国民の贈つてくれた恤兵品《じゆつぺいひん》の保温用真綿、そいつが義理にからんでやんはり自分らの首を締めつけるやうな感じがする、どうせ生かして還しちやくれないんだらうと終るのだが、昭和の陸軍はこれを、「どうせ生きては還らぬつもり」と改訂した。それでも未だ、兵の絶望的気分を払拭《ふつしよく》し切れてゐない、これでは皇軍の士気が沮喪《そそう》すると、対米戦突入後、「雪の進軍」は歌ふこと自体を禁止される。兵の心のあはれさを率直に認めてゐた明治の日本軍が日清日露《につしん》のいくさに勝利を収め、そんなもの一切認めなかつた昭和の軍が、対米英戦に完全敗北を喫したのは、イソップ式の教訓をたつぷり含んだ事実であらう。授業料、ずゐぶん高くついたわけだが、高額授業料に見合ふだけの成果を、私ども今、ちやんと身につけてゐるのかどうか。――といふ風に述べてゐても、今度出してもらふ講談社文庫『雪の進軍』、随集であつて軍歌評論ではない。軍歌に触れたエッセイは一つしか入つてゐない。

五年前の年の暮、求められて雑誌「図書」の座談会に出席した。お相手は北杜夫《もりを》と奥本大三郎、「忘年会のつもりでどうぞお気軽に」と言はれ、いい心持でお酒を呷《あふ》つてゐるうち、何のきつかけからか「雪の進軍」の大合唱になつた。北マンボウがひどい躁《そう》で、次々喋《しやべ》り立てる話の内容さつぱり理解出来ず、そんなら軍歌でも歌つてる方がましだと、口火を切つたのは私だつたかも知れない。永井建子《けんし》作「どうせ生かしちや還さぬつもり」と、中々味のある歌詞を「どうせ生きては還らぬつもり」と変へてしまつたりして、昭和の軍人はほんとに駄目だつたネ、ユーモアもペーソスも解さぬ、情ないくらゐつまらん連中だつたなアと、その点だけ躁マンボウと意見が一致した。昭和二年生れのマンボウ、昭和十九年生れの奥本ファーブル、海軍軍歌は知らなくても、「雪の進軍」の歌詞はほぼ正確に記憶してゐた。その晩の大騒ぎを書きとめた「酒中日記」の題「雪の進軍」を、新しい随筆集の題名にしただけで、格別の意味は無い。強ひて言へば、志賀直哉先生に名作短篇「雪の遠足」がある。題を決めるにあたつて、ちよつとこれが頭に浮かんでゐたやうな気はする。

（「本」平成八年七月号「軍歌考」改題）

私の八月十五日

　ここ数年来、八月十五日が来ると、なるべく他出を控へ訪客も辞退し、家でひつそり口数少く暮したいと思ふやうになつた。志通り行かぬ場合もあるが、今年はそれが出来た。

　戦死した海軍の同期生たちは、寺での法会《ほうえ》として最後の五十回忌をとつくの昔にすませ、若い血族との関係も疎遠《そえん》になつて、今永遠の沈黙を守つてゐる。死者の霊魂がもし実在するものなら、何といふその静けさ。命令系統が一つちがつてゐれば、彼らと同じ年齢で同じ運命をたどつたはずの私は、せめて此《こ》の日一日、何の主張もせず何の要求もせぬ無言の戦歿《せんぼつ》同期生百一名の面影と、黙つて肩を並べてゐたいのであつた。

　時々テレビをつけてみる。無言の出演者などむろんゐはしない。色んな人が色んなことを喋《しやべ》つてゐるけれど、概《おほむ》ね空々しい感じで、すぐ切つてしまふ。蟄居《ちつきよ》中の我が書斎に、六十年前、昭和二十年八月十五日の「讀賣《よみうり》報知」復刻版があるのを思ひ出した。

取り出して来たら、あの紙不足の時代、裏表二頁《ページ》だけの朝刊一面に大きな活字で「戦争終局へ聖断・大詔渙発《かんぱつ》す」「帝國政府四國共同宣言を受諾」「萬世の爲に太平開かむ」と印刷してあつた。

「萬世の爲に」は、言ふまでもなく、「けふ正午御親《みづか》ら御放送」の「詔書」の一節、「時運ノ趨《おもむ》ク所堪ヘ難キヲ堪ヘ忍ヒ難キヲ忍ヒ以《もつ》テ萬世ノ爲ニ太平ヲ開カムト欲ス」の、その又一節を記事の見出しに借用したのである。出典は北宋《ほくそう》の儒者横渠《おうきょ》先生張《ちょう》載《さい》の、

「天地ノ爲ニ心ヲ立テ
生民ノ爲ニ命ヲ立テ
往聖ノ爲ニ絶学ヲ継ギ
萬世ノ爲ニ太平ヲ開カン」

ださうだが、九百年昔の儒学者の言辞に拠《よ》らずとも、昭和の陛下は「聖断」を下されるにあたり、御自分の身を捨てて「生民ノ爲ニ命ヲ立テ、萬世ノ爲ニ太平ヲ開ク」強い御決意がおありになつた。「家貧しうして孝子あらはる」と言ふが、生き残つた国民の側から見れば、国亡《ほろ》びんとして名君あらはれし日だなあと、内容承知の古い新聞記事にあらためて鮮烈な印象を受けた。

もうすぐ真夏の太陽が沈む。

「ごはんですよ」、老妻が呼びに来て、「さうやつて慎んでいらつしやるんだから、けふはお酒要らないでしよ」と言ひさうな気がする。そんな嫌がらせには応じないけれど、一合の日本酒と一本の冷めたいビール、ごく普通の夕食の献立が、激戦地で死んだクラスメイトにとつてはどんなに夢まぼろしの大御馳走《ごちそう》だつたかを思ふ。六十年目の八月十五日が終るまで、あと五時間半。

（「諸君！」平成十七年十月号「夢まぼろしの大御馳走」改題）

「新型爆弾」が焼いた蔵書

少年時代、私の家の応接間に、ガラス扉つきの大きな本箱があつた。その本箱と、棚に並んでゐた父の蔵書とは、敗戦の年、広島へ落された「新型爆弾」で灰になつてしまひ、五十一年後の今、どんな本があつたか思ひ出さうと努めてみても、記憶がずゐぶん曖昧《あいまい》である。歳月のせゐもあらうけれど、一つには、文学への関心を持ち始めた思春期の息子にとつて、心惹《ひ》かれる本、わくわくさせられるやうな本、長く印象に残るやうな本が、大して置いてなかつたからだと思ふ。

私の父は、齢《とし》の関係から言へば祖父に近い明治三年陰暦の生れで、法政大学の前身和仏法律学校に学び、初め弁護士を志した。いつか、雑誌「法政」の編集者に、和仏法律学校当時の「卒業生名簿」を見せてもらつたら、百年前、明治二十五年度卒業の欄に、なるほど、父親の名前が出てゐた。要するに、明治中期の法律書生であつた。その法学士だか弁護士の卵だかが、やがて海外雄飛の夢を抱き、日清《につしん》戦争開戦の前の年、単身シベリアへ渡る。ロシア語を勉強しに行つたのか、勉強してから行つたのか、はつきりしないけれど、ウラジオストックで商売をしたり、ハルビンで写真館を経営したり、およそ十年ロシア人相手に暮してゐるうち、次の日露戦争が始まり、文官通訳官の資格で従軍した。戦争終結後、長春において、満鉄専属のかたちの土木建設会社を興す。――かういふ経歴の人物だから、広島へ隠棲《いんせい》後も、文学書などろくに持つてゐなかつたし、読まなかつたし、買ひととのへる気もなかつたのだらう。

それでも、記憶の糸をたぐると、多少はそれらしき物があつたのを思ひ出す。消されてしまつたイルミネーションの豆電球が、幾つか消え残つてぼんやり光を投げかけて来る感じである。表紙チョコレート色、出版社名忘却、小型判の世界名作全集(?)があつて、小学生中学生の頃、『ルパン』や『家なき児《こ》』や『小公子』を、私はこれで読んだ。いつ頃誰が訳して出した本か、サッカレー著の大きな『虚栄の市』もあつたけれど、何となく面白くなささうな気がして、これはつひに読まなかつた。白井喬二《きようじ》『富士に立つ影』、俗つぽいやうな気がして、やはり読まなかつた。比較的新しいところで坪内逍遥《しようよう》訳中央公論社刊の『シェークスピア全集』、こちらは二、三読みかけたけれど、逍遥独特の文体がいやで、結局みな止《や》めてしまつた。

から書いてゐて自分で感ずるのだが、高等学校入学後、文学青年と自称しながら、私はどうも、あんまり本好きの若者ではなかつたやうである。真実本に目の無い子供なら、『虚栄の市』であらうと『富士に立つ影』であらうと、乏しい父親の書架から取り出して、むさぼり読んだだらうにと思ふ。昨年安岡章太郎が『果てもない道中記』で取上げて、世人の新たな注目を浴びた中里介山の『大菩薩峠《だいぼさつたうげ》』、此《こ》の名高い未完の大長篇なども、初めの方ごく僅《わづ》かしか読んでゐない。記憶は不明確だが、『大菩薩峠』も多分、広島の家の父の本箱の中にあつた。

かかる次第で、アメリカのB29が父の蔵書をことごとく灰燼《かいじん》に帰してくれた事自体は、別段口惜しいとも憎らしいとも感じない。残念と言ふなら、志賀直哉全集全九巻を始め、私が私なりに好きで集めてゐた本を、海軍へ入る時広島の家に預けて出た、これの燃えてしまつたのが残念だが、此の際それは別の話であらう。

数少い小説戯曲類のほか、あの本箱に何が収められてゐたか。記憶益〻怪しく曖昧なれど、父の道楽の囲碁に関する本が、かなりあつた。それから、法律法令関係の書物があつた。ただし開いてみたことも無いので、どんな法律書だつたか、さつぱり分らない。

ロシア語関係の本、これが又、見ても分らぬし関心も持たなかつたのだけれど、一つ、はつきり覚えてゐるのは、古い露和辞典である。立派だから記憶に残つたのでなく、粗末だから記憶に残つた。収録語数極めて少く、大きな辞書なのに、ロシア語と日本語とが変な活字、変な並べ方で、ぱらぱらとしか組んでなかつた。本邦最古のロシア語辞典か、それに近い物だつたらうと想像する。その頃、少年の私が英語の本を読みかけてゐて、climateといふ単語でつつかへ、辞書を引かうとしたら、父が傍から、「気候のことぢやないか。ロシア語に似た言葉がある」と言つた。父の世代はあんな辞引を頼りに、望みの外国語をマスターしようと努めたのかと、半分感心半分同情したのを覚えてゐる。

その語学力が、明治三十七、八年の戦役に、どの程度どんな場面でお役に立つたか、何も知らないけれど、応接間の本箱の大引出しの中には、父の従軍日記がしまつてあつた。陸軍用箋《ようせん》の赤い罫紙《けいし》に日々書きとめたのを、紐《ひも》で綴《と》ぢて、かなりの厚みがあつた。これを繰りながら、父が戦争中の思ひ出を語つてくれたことが、一遍か二遍かある。塹壕《ざんごう》へひそんでロシア軍の砲撃をやり過してゐると、敵弾すぐ近くに落ちて炸裂《さくれつ》し、塹壕の覆《おほ》ひ蓋《ぶた》にしてあるトタン板の上へ、すさまじい音を立てて土砂が降りそそいで来るなどといふ話は、迫力があつた。広島が戦災に遇はず、父の本箱がもしそのまま残つてゐたら、今の私にとつて、一番興味も価値もある文献は、此の通訳官従軍日誌だつたかも知れない。

（「文學界」平成八年四月号）

娘の顔

九十歳を過ぎてから、小生、身体《からだ》のあちこちに故障が生じ、都内某病院に入院、現在、療養生活中です。人と話すとひどく疲れるのでお見舞ひはすべて拝辞、勝手ながら「面会謝絶」といふことにしてをります。失礼の段、どうかお許しください。

それと併せてもう一つ、娘佐和子の件。至らぬ者が今回、この欄（月刊文藝春秋グラビア頁「日本の顔」）に登場と決まり、望外の栄誉なれども、親の立場としてはやはり若干の憂慮を抱かざるを得ません。

読者の皆さん、旧知の編集者諸賢、彼女が今後、どのやうな歩み方をするか、厳しく、かつ、あたたかく行く末を見守ってやって頂きたい、（虫がいいけど）くれぐれもよろしくとお願ひする次第です。

（「文藝春秋」平成二十四年十月号）

伝統の社風

過日、月刊「文藝春秋」編集長の島田真さんから直筆の書状を受け取つた。開封してみたら、

「小誌は来年、創刊九十周年を迎えます」

との一行につづけて、原稿執筆要請の趣旨が、大変鄭重《ていちょう》にしたためてある。

「実はそれで、来《きた》る十二月十日発売の新年号を九十周年記念号とすることに決め、目下諸般の準備を進めているところですが、つきましては――」

「困つたな」

といふ感じであつた。

文春には、多年にわたり色々よくして貰《もら》つてゐるし、古くは昔々、六十六年の大昔、戦争に負けて再発足する文藝春秋（当時の正式社名は文藝春秋新社）の、戦後派第一期生として採用通知が来るかも知れない、来ないかも知れない、そんな奇妙な立場に

立たされた閲歴も持つてゐる。自分と月刊文春との相互関係、それほど浅いものではない。島田編集長の御要望、無下には辞しかねる。では、書くとして何を書くか。執筆の材料無きに等しいといふわけでもなかつた。右、文藝春秋に採用か不採用かの一件、当事者の私があまり積極的に動かなかつたせゐもあつて、結局入社せずに終るのだが、半人前の新人作家として何とか自立する私を、横目で眺めてゐた人の一人が池島信平さんである。ただ此《こ》の新人は、それ以上何年待つても一向にうだつが上らなかつた。ある会合の席上、

「オイ君。君はあの時うちへ入つといた方がよかつたんぢやないのか」

と、池島さんにからかはれた。なつかしい古い思ひ出のやうでもあり、苦が笑ひのタネのやうでもあるが、いづれにせよ曾《かつ》て何処《どこ》かに一度書いてゐるから、今回記念号の為に再使用するのは差し控へたい。

さて、これより先、話を少し脇道《わきみち》へそらすけれど、旧制第一高等学校寮歌「嗚呼《ああ》玉杯に花うけて」の中に、前にも引用した、

「星霜移り人は去り」

といふ一節がある。あの箇所を口ずさんでゐると、私はふッと涙ぐみさうになる。

自分の出身校でもない学校の学生歌を歌つて何故涙を催したりするのか。察するに、歌詞との関連で「無常迅速」とか「生死事大」とか、禅語の幾つかが自然脳裡《のうり》に泛《うか》び、その持ち味に涙腺《るいせん》を刺戟《しげき》されるのであらう。禅家風の「不立文字《ふりゆうもんじ》」や老荘流の「無用の用」を説いて聞かせた旧制高校の課外教育は、まことに結構なものだつたが、それにつけても、高等学校卒業後何十年かの「星霜」の、何といふ速さで移り行き過ぎ去り行つたことか。あと各地に残つたのは、日本人読書階層の中核となる人脈である。これの支持母体、論文や創作の発表舞台として機能するのが、所謂《いはゆる》総合雑誌三誌だが、と言つても、「中央公論」「改造」と「文藝春秋」とでは、性格がずゐぶんちがふ。今は姿を消してしまつた「改造」と、明治三十二年「反省雑誌」を改題した「中央公論」と、三つ並べ較《くら》べて、大正十二年菊池寛創刊の「文藝春秋」はどんな特色を備へてゐたのだらう。

初期には「文壇ゴシップ専門の、菊池の個人雑誌」と批判もあつたやうだが、やがて編集方針が徐々に変化し、一番気の張らない読み易《やす》い総合誌と段々頭角をあらはして来、発行部数なども、昭和の一時期、他誌を遥《はる》かに追ひ抜いてゐたらしい。

月刊文春を其処《そこ》まで盛り上げた誰さん彼さん、有名無名旧社員何人かの横顔を、此の際私の手でスケッチして置かうと思ふ。島田編集長が、私宛ての書簡の書中、原稿の依頼とは別の問題を一つ提起し、御自分でやや当惑の気配を見せてゐることに気がついたから——。

島田さん曰《いは》く、

「当編集部も私以外は全員平成入社の社員で」

なるほど、島田さん付きのスタッフは現在さういふ顔ぶれなのか。総員平成揃《ぞろ》ひとあれば、戦争の実地体験者なんかゐるわけがない。大先輩の池島信平さんを歴代編集長の代表に仕立てて、文春伝統の社風について語つてみようとしても、「池島さん？ああ、名前は知つてますけど」、多分その程度の反応しか示されないだらう。これで従来通り戦記物を取り上げ、昭和史回顧の座談会を設営し、きちんとやつて行けるのか。誤解の生じるのを避ける為、少々冗語を書き添へるが、島田さんは自分のとこのスタッフの仕事ぶりに不満があつて「当惑」したのではあるまい。有能な彼らの平均年齢を試算してみて、あまりの若さにびつくりなさつたのだと、書簡のその部分を私はさう読み取つた。

感慨を覚えるのは、「平成」即《すなは》ち「若い」ではないこと。例へば部員の中に一人、平成元年被採用の者がもしゐたら、此の人はもうすぐ勤続二十五年目に入る。明らかな中年クラスであつて、面影に若き日の余映をとどめ残したりはしてゐまい。それでゐて、平成入社は確かな事実（?）なのである。

だから大丈夫。時代は新時代。新しい時代の新しい問題点はすべて新世代の若者たちに委《まか》せたらどうだらう。必ずや彼らがちゃんと処理してくれる。「平成」にあんまりこだはる勿《なか》れ。

一体、本誌の定期購読者はどれくらゐゐるのか。千単位か万単位か。詳しい数字は知らないけれど、此の人たちが日々どんな記事を愛読し、将来に何を期待してゐるか、想定の上、〆切日まで未《ま》だ大分間があるので、文春社員心得帖《こころえちよう》のやうなものを一つ試作してみた。九十年の歴史に裏打ちされた文藝春秋伝統の社風維持、月刊「文藝春秋」の誌風保持に真実必要なものは何と何か。本誌の本誌らしい特徴を我流で示す基礎としたかつたのだが、読み返して行けば、あちこちかなり不備が目立つた。前に書いた「横顔のスケッチ」なども、変にバタくさい言ひ方で、抽象的に過ぎて不適切。「自分の考へは簡単な日本語でまとめて箇条書にする」と言ひ改めた方が良いかも知れぬ。ただ、自分の時代感覚は最近相当ずれてるからな、「要注意」と思つた。

前々から思つてはゐた。八十台半ばで、未だ文春巻頭の随筆を書いてゐた頃、自分如《ごと》きずれたことも忘れるほどずれた老人はもはや出る幕に非《あら》ずと、つくづくいや気が差し、十三年間つづけた連載も打ち切らせて貰ひ、以来こんにちまで、雑文原稿一本を除いて完全に筆を絶ち、沈黙を守つて来た。編集長のお勧めにより、今回一回だけそれを破る。

「どうせ破るんなら、その箇条書、早速披露してごらんよ」

と言はれたら、私が挙げる一番目の項目は、

「どんな上役に対しても自由にものが言へて自己の主張を容易には曲げないこと」

二つ目は、

「ユーモアが通じること」――。

三番目、「字句難解で観念論風な文章は好まれざること」、

「偏向した論議も、右寄り左寄りを問はず遠ざけること」が第四。

項目の五は、

「スポーツも含めて、遊びの価値を重く受けとめること」

選挙をからめるなら、

「保守陣営内部の穏健派又は良識派に一票」が、文春社員大多数共有の政治姿勢かと想像する。

人によつては、もつと多くを望むかも知れないが、私の思ひつくのは右の六つくら

ゐ。たつたの六箇条とは申せ、遠慮せずに書けば、伝統の社風、伝統の誌風概略は、これで一応具体的な文字表記に成し終つたと感じてゐる。あとは島田さん始め編集スタッフからの助言を待つて、誤りあれば正し、試稿を定稿に拵《こしら》へ直すのみ。どんな分野にせよ、伝統の解明は、非常に困難な精神作業です。どうか皆さん、雑誌を作る側も読む側も、伝統を大切に扱つて下さいと、それを以て記念号に寄せる私の言葉としよう。

（「文藝春秋」平成二十五年一月号）

駅前のルオー旧居

私は鉄道好きで、パリの六大停車場、一応全部知つてゐるが、「中でもとりわけなつかしい駅は？」と聞かれたら、ガール・ド・リヨン（Gare de Lyon）と答へるだらう。四十数年前の一九六三年春、当駅始発マルセイユ、カンヌ、ニース方面行の花形特急「ル・ミストラル」の機関車に試乗させてもらつた古い良き思ひ出があるからでもあるし、もつと古く、「ガール・ド・リヨンの泣き別れ」といふ日本人画家たちの戦前の言ひ伝へを聞いてゐたからでもある。空の便の無かつた時代、パリ滞在を終つて帰国することになつた彼らは、特別な事情のある人以外、シベリア鉄道経由やロンドン廻りを避けて、皆マルセイユの港で日本郵船の欧州航路船に乗り込んだ。ついては遊学中ねんごろな仲だつたフランス女性とリヨン駅頭涙の別れを演じなくてはならぬ。人によつて実は、丁度好都合な縁切り場でもあつたと、それやこれやでよく（？）知つてゐるつもりのガール・ド・リヨンだが、明治以降の日本洋画史にかげの史跡として名をとどめる此《こ》の駅から、道路一つへだてた向ひ側にジョルジュ・ルオー晩年の住まひがあつたとは、ごく最近まで全く知らなかつた。

　最近と言つても、正確には昨平成十七年九月二十一日、地中海クルーズをしてゐた私ども夫婦はヴェニスで船を降り、新しいマルコ・ポーロ空港よりパリ乗り継ぎ、まつすぐ成田へ飛ぶ予定だつたのを、偶《たまたま》と同じ時期パリへ来てゐる吉井画廊の吉井長三さんから、「そんなこと言はずに一と晩泊つて行きなさいよ」とすすめられ、予定変更した。ただし、あれを見たいとかこれを買ひたいとか、格別の目的は何も無い。ジェット機の座席に長時間坐《すわ》り放しは疲れる、そりやホテルで一晩休んだ方が身体《からだ》は楽だらうと、おすすめに従つただけの私たちを、吉井さんが迎へてくれて、

「よかつたら今日夕方、ルオーの孫のジャン＝イヴ・ルオーのとこを訪ねませう。ルオーの画室がそのまま残つてるんです」

と、さりげない口調だけれど、先方とはすでに連絡済みらしかつた。これがリヨン駅真向ひの、私が「全く知らなかつた」古くさい大きなアパルトマンであつた。表の扉をあけてもらつて薄暗い建物の中へ入り、古風なエレベーターで五階へ上ると、狭い廊下の突きあたりが、晩年十年間ルオーが暮した居室とアトリエである。現在は孫のジャン＝イヴ・ルオー氏がルオー財団の事務所として使つてゐる。ジャン＝イヴは

元エール・フランスのパイロットで、パリ・東京間を何度も往復してゐるのださうだ。清春村《きよはる》の桜の宴でよく見かけた亡《な》きイザベルの甥《をひ》にあたる。エール・フランスを定年退職後、今の仕事（ルオー財団理事長）に就いたといふから、およそ六十年輩、笑みを絶やさぬ如何《いか》にも穏かなお人柄で、フランス語を解さぬ私に、英語を使つてゆつくりと分り易《やす》く色んな説明をしてくれた。それを聞くにつけても、世界中の美術愛好家から二十世紀最高の巨匠と仰がれてゐる人が、こんな狭い質素なところに住んでゐたのかと驚きを感じた。

吉井さんの言ふ通り、画室は、一九五八年ルオーが亡くなつた時を以《もつ》て時計の針をとめてしまつたかの如《ごと》く、たくさんの絵筆もイーゼルも絵具も、油か何かの溶液を入れた青い瓶の数々も、当時のままの姿で残されてゐた。

ジャン＝イヴの奥さんマダム・ルオーの待つ居間へ戻ると、ガラス窓の向ふ、真正面にガール・ド・リヨンの壮麗な石造建築と七時十分を指してゐる白い時計塔とが見える。人の動きと車の動きが慌《あわただ》しい。駅へ出入りするあのルノーやシトロエンのタクシーを辻馬車に代へたら、誰か十九世紀印象派の絵になりさうな光景だ。私は自分の好きな画家の旧居から自分の好きな停車場の賑《にぎ》はひを間近に眺めて、いささか感傷的な気分になつた。

そのあとみんなでリヨン駅二階の駅食堂へ出かけた。「ル・トラン・ブルー」、英語に直せば「ブルー・トレイン」といふ名のレストランで、実を言ふと此処《ここ》も、私にとつて古い思ひ出の場所なのだが、席に着いた途端、老年の旅の疲れがどつと出て来て口をきくのも億劫《おつくう》になり、詳しい説明は出来なかつた。折角のフランス料理を充分味はへぬまま食事が終つて、パリ郊外の自宅へ帰るジャン＝イヴ・ルオー氏夫妻とは駅の玄関口で別れた。

その為、あの温顔の財団理事長にまともな挨拶《あいさつ》をしなかつたし、吉井さんにもちやんと礼を言つたかどうか怪しい。ホテルへ帰り着くなり自分の部屋のベッドに倒れ込んだのだが、疲れ切つてゐる割に、気が立つて眼は冴《さ》えてゐた。大隠は市に隠ると言ふが、今日午後の半時は、信心深いフランスの大芸術家が、東京なら上野駅前の雑居ビルみたいな建物に隠れ棲《す》んで、死ぬまで絵を描きつづけてゐたその現場を現実に見た稀有《けう》の半時で、画室を含む旧居の情景が繰返し頭に浮び、二時過ぎまで私は眠れなかつた。

（「清春」平成十八年四月号）

志賀直哉とルオー

私はルオーについて語るほどの美術的素養を持ち合せてをりませんので、志賀直哉先生とルオーの関係を、自分の知つてゐる範囲内で申し上げて、与へられたお役目を果すことに致します。

志賀先生は昭和二十七年、柳（宗悦《むねよし》）さん、梅原（龍三郎《りゆうざぶろう》）さん、浜田《はまだ》庄司《しようじ》さんたちと一緒に、初めての、結果から言ふと生涯ただ一度のヨーロッパ旅行をされるのですが、最初の到着地がローマでして、其処《そこ》で紀元一、二世紀頃の、或はもつと古く紀元前の、キリスト教の影響が未《ま》だ無い時代の絵や彫刻を色々見てゐるうち、ルネッサンスに対する見方が大分変つて来るのです。例へばヴァチカンの美術館にある「アルドブランディーネの婚儀」といふプリミティヴな壁画の切抜き、多分ギリシア時代の作品をローマ人が模写したものですが、これなぞ、ただわけもなく美しく楽しく、二日つづけて見に行つてゐます。一方、若い頃夢中だつたルネッサンスの名作大作は、何だか少しつまらないやうな、物足りない気がして来る。それには梅原さんも全く同感で、「かういふ古代の絵に較《くら》べたらミケランジェロもラファエロも滓《かす》みたいなもんだ」、さう言つて浜田さんをびつくりさせ、「梅原さんは荒つぽいからなあ」と慨嘆させたエピソードが残つてゐます。イタリア各地のあとパリへ移つて、今度は展覧会の油絵の見過ぎで食傷気味になる。そんな美術行脚《あんぎや》がつづくのですが、文芸復興期以後印象派の時代から現代まで、やはり大変感心したものも幾つかあつて、その一つがルオーの、大きなキリストの顔でした。これ以外のルオーの作品にも、特に晩年のものから深い感銘を受けます。それで、梅原さんと高田博厚さんとお二人の口ききで、直接一枚頒《わ》けてほしいと望まれるのです。ルオーは八十一か二、亡《な》くなる六年前、未だ健在でした。帰国後、これが志賀家へ届きます。遠景に教会、前面に信徒らしい人物を描いた六号くらゐの油絵だつたと記憶しますが、今、此の絵は志賀家に残つてをりません。

　気に入つて愛蔵してをられたのですけれど、それから間も無く、熱海稲村の、七年間暮してゐた山荘を、持ち主の都合で明け渡さなくてはならなくなる。東京の渋谷に九十坪ほどの地所を買つて、谷口吉郎さん設計の家を建て、引越す段取りが決るのですが、建築費の方の都合はついても土地代二百万円の出どこがありませんでした。今考へれば、それだけの金の為にルオーを手離さなくたつて、銀行から借りるとか、方法はいくらでもあつたと思ふのですが、そこが志賀流で、お気に入りの貴重な絵を、あつさり、某出版社の社長に買ひ取つてもらふことにします。

一つには、いはゆる玩物喪志《がんぶつそうし》、美術品骨董品《こっとうひん》をたくさん身辺に置いて、それに執着し、自分が束縛されてしまふのはいやだといふ気持が、平素から強かつたのです。仕事のことでも、作家は作品がすべて、後世の人が、誰の作とも知らずに「美しい、面白い」と思つて読んでくれる文章が二つか三つ残ればそれで満足、名を残す必要は無し、まして旧居の保存とか全集出版の記念会とか、やる気も無くやつてもらふ気も無い、非常に自由なすつきりした考へ方でしたから、ルオーもかうして、二年か三年で志賀家を去つて行きます。売価は確か百五十万円でした。

これは売つた事例ですが、「君にこれを上げよう」と、私ども弟子すぢの者や、友人、お嬢さん方の手もとへ渡つてしまつた志賀家旧蔵品は、かなりの数に上ります。安倍能成《あべよししげ》さんが館長の時、今の東京国立博物館に寄贈された倪雲林《げいうんりん》の山水もその一つです。あのルオーがその後どうなつたか、四十余年経《た》つた今も、出版社の社長宅に秘蔵されてゐるかどうか、それは知りません。

以上、思ひつくままこれだけ申し述べて、鈴木治雄さん『ルオー礼讃《らいさん》』御刊行記念の会の祝詞に代へます。

（「清春」平成十一年四月号）

志賀家の皿小鉢

志賀家の食器類には、がつしりした実用的な物が多かつた。バーナード・リーチの紅茶茶碗《ぢやわん》、浜田庄司の砂糖壺《つぼ》、黒田辰秋《たつあき》のパン切りナイフ――、といふ風に思ひ出すまま挙げて行くと、名工の名品ばかり揃《そろ》へてあつたやうな印象を人に与へるかも知れないが、実情は少しちがふ。友達贔屓《びいき》の先生が、友人の作つた、使ひ勝手のいい頑丈な品々を、身辺に置いて長く愛用してゐたに過ぎない。むろん、出来栄《できば》えが美しいのも気に入つてゐる要因の一つだが、扱ひとしてはすべて実用品の扱ひであつた。

「白樺《しらかば》」の友人柳宗悦さんの仕事を高く評価してをられたけれど、民間の日常雑器に美を見出《みいだ》したその独創的な仕事が、「民芸運動」と呼ばれて、一部の人から信仰に近いもて囃《はや》され方をするやうになると、ちよつと意地悪が言つてみたくなるらしかつた。

熱海の山荘住まひの頃、

「あした柳が来るんでね、柳がいやな顔をするやうに、わざとかういふ物を並べて置くんだ」
と、街の瀬戸物屋で買つて来た土瓶や茶碗を取り出してをられたことがある。実際、さういふ極くありきたりの皿小鉢も、志賀家では日常の用を果してゐた。先生の眼に、「安物」と「安い物」との区別があるやうであつた。値段の張る高級ブランド品、マイセンの洋食皿とかバカラのグラスとか、その種の什器《じゆうき》は殆《ほとん》ど無かつた。一つ、欧州旅行の土産の、ヴェネチアン・グラスの灰皿が、煙草《たばこ》を吸ふ客の前へよく出されたが、これなども、どつしり厚みがあつてひつくり返らないし、吸殻消しの太いガラス棒と対になつてゐて便利だといふのが、常用される理由であつた。

（「図書」平成十年十一月号）

「白樺」の前にあつた「白樺」

志賀直哉先生は学習院中等科の時二度落第してゐる。当時の中等科は六年制だから、中学校の課程を了《を》へるのに八年かかつたわけで、御当人として愉快なことではなかつたらしいが、此《こ》の、二度目の落第が、日本近代文学史上に大きな意味を持つ落第であつた。新しいクラスに、武者小路《むしやのこうぢ》実篤《さねあつ》、木下利玄、正親町《おほぎまち》公和《きんかず》がゐた。直哉を含めた彼ら四人が、やがて「白樺」創刊の中心人物となるのは、よく知られてゐる通りである。

文学芸術志望の四人は、同級生となつて六年後の明治四十一年、東京帝国大学文科大学在学中、回覧雑誌を始める。回覧雑誌といふのは、各自が持ち寄つた原稿を綴《と》ぢ合せて廻し読みし、余白に感想批評など書き入れるもので、発行部数は当然一部限り、四人の同人みなボヤボヤしてゐるからと、誌名は「暴矢」に決つた。のち「望野」と改名される。

間もなく、学習院後輩の里見弴《とん》、園池公致《そのいけきんゆき》らが、「望野」に倣《なら》つて自分たちの回覧雑誌「麦」を作る。柳宗悦と郡虎彦《こほりとらひこ》の二人は「桃園」を始める。これら三誌が合併し、謂《い》はばよそゆきに装《よそほ》ひをあらためて、明治四十三年四月、同人雑誌「白樺」として洛陽堂から刊行されるのである。――そこまでは従来も分つてゐた。と言ふか、私が初めて志賀直哉全集編纂《へんさん》の実務を仰《おほ》せつかつた三十歳台の頃は、その程度までしか分つてゐなかつた。何しろ「白樺」同人たちは、もはや全員老境に入つてをられて、「白樺」を何故「白樺」と命名したかの由来すら、志賀先生と武者小路先生と全く主張がちがふといふ風で、尋ねて確かめてみようにも、過去の記憶はかなり曖昧《あいまい》であつた。

「あれはね、その頃、よく日光とか赤城《あかぎ》とか、あゝいふ高山へ行つて、白樺といふ木が好きだつた。それで僕ら『白樺』とつけたんだよ。（中略）（武者小路は）さうぢやない、白と樺との色の配合が面白いからやつたと、かう言ふんだ。武者は確く信じてるね。しかしそんなことは絶対ないんだよ」

座談会でのこの志賀発言も、古い記録を調べてみると、「絶対」かどうか、少し怪しくなつて来る。いづれの命名説が正しいかは、「白樺」の歴史を知る上で大事な問題だが、それにからんでもう一つの大事な、珍しい事実として、実は、「白樺」の前に、「白樺」といふ名の別の雑誌があつた――らしい。私がこれに気づくのは、比較的近年のことである。

正規の「白樺」明治四十四年五月号に、直哉（仮名「日本武夫のムスコ」）が六号雑記を書いてゐる。先月号は発刊一周年記念の拡大号だつたのに、ドサクサで書くのを忘れて了《しま》つたから、発刊当時のことを此処《ここ》へ少し記して置くと断つて、誌名の候補、「若木」「声」「人」「藪《やぶ》」「白樺」「麦」「草」「流」、色々あつて、騒ぎは一ト通りでなかつたけれど、そのうち結局、前の望野連当時廻覧雑誌の名だつた白樺が出ず入らずでいゝだらうとなり、「明星式の名で変だといふ向もあつたが、慣れゝばいゝよ――それでキマッタ」、さう証言してゐる。

私は此の六号記事、昭和三十一年の新書判全集第七巻に収録してゐながら、ざつと読み流しただけで、格別の注意を払つてゐなかつた。しかし、その後四十余年の間に、「白樺」研究家たちや岩波書店全集編集部の地道な努力が実つて、今ではかなり正確に、「白樺の前の白樺」のことが分つて来てゐる。要するに、志賀、武者小路、木下、正親町、四人の始めた「暴矢」は、「望野」と改題したあと、もう一度「白樺」と再改題するのである。それが一回目の「白樺」である。明治四十二年のことらしい。残念ながら現物は残つてゐない。志賀直哉の小説原稿、木下利玄の和歌の草稿、武者、正親町の感想文を綴ぢ合せて、実篤先生の直筆で表紙に「白樺」と書いた回覧雑誌が、もし一冊でも何処《どこ》かで発見されたら、今年は「白樺」公刊九十周年目、貴重な記念品、多くの人の関心を呼ぶだらうが、おそらくや望むべくもないことに違ひない。

（「清春」平成十三年四月号）

志賀直哉の生活と芸術

大正の初年、志賀直哉が未《ま》だ三十一、二歳の頃、夏目漱石の門下で直哉の資質を大変高く評価してゐる人が二人あつた。一人は和辻哲郎《わつじてつろう》、もう一人は芥川龍之介、その話から始めようと思ふ。

芥川がある時、

「志賀さんの文章みたいなのは、書きたくても書けない。どうしたらああいふ文章が書けるんでせうね」

と、師の漱石に訊《たづ》ねた。

「文章を書かうと思はずに、思ふまま書くからああいふ風に書けるんだらう。俺もああいふのは書けない」

漱石はさう答へたといふ。

同じ時期、和辻哲郎が、東京市外大井町の志賀直哉の仮寓《かぐう》近くに住んでゐた。始終往き来があり、直哉は尾道《をのみち》や城崎《きのさき》で見たもののことを、よく和辻に話して聞かせたらしい。その語り口があまりにヴィヴィッドなのに、和辻は驚いた。漱石を愛読し直哉を愛読し、自身も作家志望だつた和辻が、それをあきらめ、専《もつぱ》ら学問の道へ進むやうになる原因の一つは、あれほどの事物描写の能力を自分は持ち合せてゐないと悟つたためだと言はれてゐる。

二つのエピソードは、志賀作品の魅力の本質を解き明してゐると同時に、小説家志賀直哉の、ある意味での弱点も暗示してゐるかに思はれる。「思ふまま書く」志賀流は、見方を変へれば「極めて我儘《わがまま》な書き方」といふことで、分り易《やす》くとか、読者のためにとか、新聞雑誌の約束事にしたがつてとか、その種の配慮を、直哉は生涯を通じてほとんど払つてゐない。外部から何かの制約が加はると、書けなくなるか、書いて失敗するかのどちらかであつた。ある事柄に関し、これは説明を添へておかないともはや一般読者に通じにくいかも知れぬ、しかし説明すれば全体の調子が弱くなる、さういふ場合、迷はず、説明しない方を取つた。それ故《ゆゑ》、「暗夜行路」の中にも、今では何のことか、研究家ですら分らなくなつてしまつた表現がいくつかある。

調査考証を必要とする歴史小説なども、直哉の気質に合はなかつた。徳川家康の長子信康とその母築山《つきやま》殿を主人公にした少し長いものを書いてみようと思ひ立ち、一時資料集めまでしたことがあるが、結局書かずに終つてゐる。その代り、――と言ふべきか、自分のほんたうに興味をいだいた対象は、ありありとかたちを眼に浮かべ、出来るだけ言葉を節し、強く簡潔に、非常なあざやかさで描き出す。和辻芥川が感服したのも、宮本百合子《みやもとゆりこ》が「志賀さんの作品は活字が立つてゐる」と評したのも、そこのところであらう。

小説家が原稿の書き直しをすると、多少とも枚数が増えるのが常なのに、志賀直哉は書き直す度枚数が減つたといふ伝説がある。多分事実で、説明を避け、対象にぢかに迫つた的確な描出をしようとすれば、どうしてもさうなるらしかつた。

人のものを読んで、直哉は時々、

「その場面をはつきり頭に浮かべないで書いてるね」

と不服を言つた。少々極端な例だが、例へば某流行作家の風俗小説で、男と女が、線路をへだてた向ふのプラットフォームとこちらのプラットフォームに立ち、別れの言葉を交してゐる。かなりの大声を出さなくてはお互ひ聞き取れない状況であるにもかかはらず、作者は平気で、二人に普通の会話をさせてゐる。かういふ垂れ流しのやうな叙述は、自分の場合として考へたら到底我慢出来ないし、やれないたちであつた。

読者は、それと正反対の、明晰《めいせき》で美しくリアリスティックな情景描写を、「暗夜行路」の尾道の場面、大山《だいせん》の場面その他に、たくさん見《み》出《いだ》すはずである。だが、はつきり頭に浮かべて書く、説明せずに描写する、ダラダラになりさうな文章をきちんと立て直すといふのは、実のところ想像以上のむつかしい作業であつて、志賀直哉の才能を以《もつ》てしてもやはり苦しかつた。「苦しいからつい怠けることになるね」と自分で述懐してゐる通り、直哉の生涯には、数年間にわたつて全く筆を執らなかつた時期が何度かあり、仕事の総量は少い。長篇は「暗夜行路」一作しか無い。唯一《ゆいいつ》のその長篇も、雑誌「改造」に連載を始めてから同誌上で完結するまで、前後十七年を要してゐる。フランス文学者の辰野隆《たつのゆたか》は、直哉の文学をバルザックなどとおよそ対照的なものだと言ひ、滴々としたたり落ちる岩清水に喩《たと》へたことがあつた。

　かと言つて、その作品群を、一刀三拝鏤《る》骨《こつ》彫心の末に成つたきびしく近寄りがたい孤高の芸術のやうに思ふとすれば、それも亦《また》誤解であらう。人にのびのびとした爽《さはや》かな読後感を与へる一筆描きのやうな小品が少くないし、ユーモラスなものもずゐぶんある。うしろに一本強い倫理的なすぢが通つてゐるのは事実だが、その倫理性潔癖性が、堅苦しく硬直したかたちで作品の上にあらはれることは、まづ無かつた。草花や動物や虫や、総じて自然が好きだつたが、同じやうに、人間の生き方としても、自然なのを一番よしとしてゐた。

志賀直哉は明治十六年（一八八三）の二月、宮城県の石巻で生れた。そのため、国語教科書の作者紹介欄などに「宮城県の人」と書かれることがあるが、これは必ずしも妥当でない。父直温《なほはる》が若い銀行員として石巻在勤中たまたまその地に生れただけで、物心つかぬ満二歳の時父母と共に東京へ移り、その後幼稚園も小中学校高等学校（学習院）の教育も東京で受け、大学（東京帝国大学文科大学）中退までずつと東京で育つのだから、むしろ東京山の手出身の作家と見ておいた方がいいだらう。ただし志賀家自体は、こんにちの福島県相馬《そうま》地方の出で、祖父直道《なほみち》の時まで代々相馬藩六万石の家老職をつとめてゐた。

志賀文学の大きなテーマの一つは、父と子の不和である。ある時期には父が息子の死を願ひ、息子は父親を殺すことを考へるほどの激しい葛藤《かつとう》が繰返された。原因は多岐にわたつてゐるけれど、複雑な部分を全部飛ばして言へば、幼少年期の直哉がぢいさんばあさん子だつた点に帰着するだらう。石巻から東京へ帰つて来た幼い一人つ子の直哉は、志賀家の大事な跡とりとして、祖父母の部屋へ引き取られ、祖母留女《るめ》の盲目的愛情を受けて育つた。直哉の方も、こよなく祖母を愛し、祖母に我儘放題を言つて大きくなる。古武士の風格を持つ祖父に対しても、尊敬の念と共に深い愛情をいだいてゐた。一方、実の母親は直哉が十二の年に亡《な》くなり、父親との関係は疎遠《そえん》になりがちで、したしみは薄く、長ずるにつれ、ものの考へ方の上にも大きな差異が生じて来る。父直温は、銀行を辞めたあと実業家を志して、明治大正の財界に地歩を築き巨富を成した人である。文学になぞ関心は無く、家の資産をつくり上げ、子々孫々にそれを伝へ残し、一家一族の繁栄をはかるのを生き甲斐《がひ》としてゐた。それに反し息子は、財産の恩恵には充分浴しながら、富への執着が強い父の生き方を嫌つてゐた。結局は、正面切つて対立せざるを得ない運命であつた。

「大津順吉」「和解」「或る男、其《その》姉の死」の三部作は、いづれも此《こ》の、父子の争ひを主題としたものであり、「暗夜行路」もある意味で（成立の過程から見て）その系列に属する作品である。

「白樺」が創刊されたのは明治四十三年、直哉が父親と不仲のまま麻布《あざぶ》の父の家に部屋住みだつた時期にあたる。発足当時の「白樺」には、後年言はれるやうな「白樺の人道主義」とか「白樺派の運動」とか、一つの主義主張を表に掲げる空気は無かつた。直哉も武者小路実篤も、木下利玄、柳宗悦、里見弴らも、めいめい自分勝手に書きたいものを書いて、誰からも一切拘束されず、自由に発表し発言する、そのための同人雑誌発刊であつた。これを足がかりに文壇へ打つて出ようといふ気も、全くと言つていいほど無かつた。同人全員に共通してゐたものありとすれば、芸術に対する、とりわけ西欧の新しい芸術に対する信仰に近い情熱だけであつたらう。

しかし、創刊後何年か経《た》つと、主として武者小路実篤の強い個性の影響を受けて、「白樺」がいはゆる人道主義的傾向を帯びて来るのは事実である。直哉は、一つの旗じるしを掲げたものには、何事によらずついて行けない性格であつた。「白樺」の傾向に対する不満、父親との不和、両方が原因で東京を離れることになる。

最初尾道での自炊生活、次いで松江や大山《だいせん》での独り暮し、京都に住んでゐた大正三年の末結婚するが、そのあとも、赤城、我孫子《あびこ》、京都、奈良と、景色のいい静かな土地を選ぶやうにして田舎暮しをつづけ、五十代の半ばになるまで東京へ帰住しなかつた。これら各地での生活経験が無ければ、「暗夜行路」の尾道の名描写も、「焚火《たきび》」も「濠端《ほりばた》の住まひ」も「日曜日」も生れて来なかつたわけだが、新進作家として認められて間もなく中央から離れてしまつた文士といふのは、当時珍しかつた。

父親との和解が成立し、中篇「和解」が出来上るのは、大正六年、我孫子に住んでゐる時で、直哉は満三十四歳であつた。その少し前から、直哉の気持が動より静へ、対立より調和へと、微妙な変化を見せてゐた。美術に対する好みでも、西欧のもの一点張りだつたのが、東洋の墨絵とか、仏像仏画の名品に心惹《ひ》かれるやうになつて来た。

そのことが、父親との関係にもよき影響を及ぼし、十七、八年にわたつた父子の不和が解けるのだが、一方、作品の上に、東洋風の静かな風格となつてあらはれて来る。「濁つた頭」とか「范《はん》の犯罪」とか、若い頃の刺戟《しげき》の強いどぎつい作風は次第に影をひそめ、「雪の遠足」「転生」「豊年虫」「菰野《こもの》」「池の縁」のやうな、随筆との境界の定かでないものが多くなる。大正十二年から昭和十三年まで十五年間の関西暮しは、東洋美術仏教美術のよきものに接する一層の機会と便宜とを直哉に与へた。ゾルゲ事件に連座した尾崎秀実《をざきほつみ》が、獄中で直哉の短篇集「早春」（昭和十七年刊）を読み、「志賀さんの小説は和菓子の味がする」と言つたさうだが、日本敗戦後、直哉晩年の「和菓子」風味の代表を挙げるとすれば、「山鳩《やまばと》」と「朝顔」であらう。文芸評論家の中には、直哉がフィクショナルなものを書かなくなつたのを以て、作家的才能の枯渇と見、戦後の文筆活動など一切認めようとしない人があるが、河盛好蔵《かはもりよしぞう》はそれを短見としてしりぞけ、「山鳩」や「朝顔」のやうな作品は、ゲーテ晩年の短章と同じく、長く人々に親しまれるものになるだらうと言つてゐる。作者自身の書いたものでは、随筆の一節に次の数行がある。

「私が一生懸命に団子を作つてゐる所へ来て、

『シチューを呉《く》れ、シチューを』

他人はこんな事をいふ。
『お生憎様《あいにくさま》』」

直哉は青年時代、七年間内村鑑三のもとへ通つて聖書とキリストの教とに接した。しかし、そのもとを去つて以後、生涯特定の宗教を持たなかつた。「正しきものを憧《あこが》れ、不正虚偽を憎む気持を先生によつてひき出された事は実にありがたい事に感じてゐる」と、鑑三の思ひ出を語つてゐるけれど、それ以上の、キリスト教の影響らしきものは、生活の上にも作品の上にも残らなかつた。ただ、柳宗悦が晩年、「白樺の仲間で最も宗教的なのは誰か」と人に聞かれて、即座に「それは志賀だ」と答へてゐる。柳は直哉の中に、既成宗教の教義と別の、ある敬虔《けいけん》なものが生きてゐると見たのであらう。直哉本人も、「簡単なことで言へば小さな虫なんか殺すのが大変いやになつて来たのだが、さういふ一種宗教的と言つてもいいやうな気分は、年と共に段々強くなる」と、これをほぼ認めてゐた。それでゐて、無神論者であつた。昭和四十六年の十月、八十八歳で亡くなつた時、葬儀は直哉の遺志により無宗教で行はれた。ついでながら、「作家は作品がすべて」といふ直哉平素の考へ方にしたがつて、「志賀直哉を偲《しの》ぶ会」とか「直哉忌」とか、そのやうなものは孫子の代まで一切行はない申し合せになつてゐる。文学碑も、生前建てられてしまつた分は止《や》むを得ないが、新たに作りたいとの申し出があつても、遺族の方でお断りすることに決めてある。

志賀直哉夫人康子《さだこ》は、勘解由小路資承《かでのこうぢすけこと》といふ公家《くげ》の娘で、武者小路実篤の従妹《いとこ》にあたる。癇癪《かんしやくも》持ちの夫によく仕へ、よく尽し、のべつがみがみ言はれながら陰鬱《いんうつ》なところは少しも無く、明るく気品があつて、六人の子供（ほかに二人夭折《ようせつ》）をのびやかに育て、直哉の家庭を知る文学者たちの間で、「無形文化財」とか「日本三名夫人の一人」とか言はれてゐた。夫人の面影を伝へる作品は、結婚の事情のうかがへるものとして「くもり日」、新婚後間もなくの山での生活を描いた「焚火《たきび》」、ユーモラスなもので「転生」、その他「山科《やましな》の記憶」「痴情」「朝昼晩」「予定日」「夫婦」等々数が多い。

直哉に九年おくれて昭和五十五年一月、満九十歳で亡くなつた。夫婦の墓は、東京青山の志賀家累代《るいだい》の墓所の中にある。

直哉は文芸評論の類にあまり興味が無かつた。大正の末、作家としての力倆《りきりよう》の最も充実してゐた頃、

「批評家からは讃《ほ》められるにしろ、けなされるにしろ時々実に思ひがけない事を云《い》はれる。自分は今居る批評家が批評家といふものなら、どうも要らざるものがあるやうな気がして仕方がない」

と書き残してゐるし、此の見方考へ方は終生変らなかつた。その意味で、世に汗牛《かんぎゆう》充棟《じゆうとう》ただならぬ志賀直哉論の類は、読んでも、それで以て直哉が分つたことにはならないかも知れない。此の作家の生活と芸術と人間像とをもつと深く知りたいと思ふ読者があるなら、やはり、岩波書店刊行の、断簡零墨まで集めた全十五巻別巻（志賀直哉宛書簡）一巻の全集に、直接あたつてみることをおすすめしたい。

（新潮文庫『暗夜行路』『小僧の神様・城の崎にて』平成元年七月）

「暗夜行路」解説

「暗夜行路」は著者唯一《ゆいいつ》の長篇小説で、連載開始から完成までに前後十七年といふ、異例の長い歳月を要した。発表の事情も、かなり込み入つてゐる。「前篇」の最終部分が、其処《そこ》だけ切り離して、「憐《あは》れな男」の題で活字になつたのが大正八年の「中央公論」四月号、「序詞」の部分が「謙作の追憶」と題して公表されたのは大正九年一月号の「新潮」、それら全部含めて、あらためて、「改造」に連載の始まるのが大正十年の一月（実際は九年十二月発売の新年号）、全篇完結は昭和十二年の同誌四月号になる。

その詳しい経緯は直哉研究家生井知子氏の「後記」で明らかにされるはずだが、解説を担当した私の個人的感慨を記すなら、自分の生誕（大正九年十二月）と同時に始まつた連載が、旧制高等学校入学の年、やつと終るのである。これの前身にあたる長い私《わたくし》小説を、著者が尾道の寓居《ぐうきよ》で試作してゐた時から数へると、足かけ二十六年、著者の年齢に則して言へば、満二十九歳の秋着想着手、五十四歳の春完成擱筆《かくひつ》、正味二十四年四ケ月の日月が、此《こ》の作品の為に費された。

長篇と言つても、三千枚五千枚の大作ではない。四百字詰原稿用紙で概算千十枚、月々十七枚づつ書いて五年あれば脱稿出来るはずの作品に、何故それほど長くかかつたのか。

「長くかゝると言ふことは一概に賞《ほ》められない。殊《こと》に志賀の場合は、怠けてゐたとも言へる時があるから、全部的には賞められないが、しかしそんなにながく、一つの小説を頭の内に入れて、材料をくりかへし咀嚼《そしやく》することが出来ると言ふことは、賞めていいと思ふ」

これは、武者小路実篤が改造社版「志賀直哉全集」（昭和十二年〜十三年）の月報に寄せた文章だが、その通りと言ふべきであらう。志賀直哉は、気質的に、長いものは読むことも書くことも不得手であつた。筆がうまく捗《はか》らず、「怠けてゐた」時期が度々ある。特に「後篇」の最終部分は、九年間ほつたらかしにされてゐて、人に「暗夜行路」のことを言はれると、いやな気がしたさうだ。

しかし、「九年」を除くあとの七年、のべつ筆が渋滞し、雑誌休載が繰返されたわけではない。「前篇」は「改造」への発表、年内の大正十年八月号で終り、翌大正十一年、新潮社から単行本として出版されてゐる。おそらく、尾道以来試行錯誤十年間の、豊富な書き溜《た》め原稿があつて、それを色んな場面場面へちりばめることが出来たからである。「後篇」にはそれが無かつた。その為、執筆順調に進まず、短くて数ヶ月、長いと三年も九年もの休載となるのだが、いづれにせよ、「暗夜行路」各章各節の深い味はひは、武者小路実篤の言葉通り、作者が長い時間かけて「材料をくりかへし咀嚼」した結果出て来たもののやうに思へる。一方、此の長篇小説の幾つかの問題点も亦《また》、「長くかかつた」ことから生じてゐるやうに見える。

問題点の一つは、主人公時任謙作《ときたふけんさく》の年齢である。齢《とし》の取り具合と言つてもいい。本多秋五が、岩波新書「志賀直哉」の中で、そのことに触れ、『暗夜行路』を読んで、一番気になるのは主人公の年齢」だと書いてゐる。「時任謙作が読者の前に登場したときほぼ二五歳だとすると、彼が伯耆大山《ほうきだいせん》へ出かけるのはそれから五年目のことだから、ほぼ二九歳ということになる。伯耆大山の時任謙作がほぼ二九歳の青年だなどとは誰も思わないだろう」――。

作中記されてゐる些末事《さまつごと》を基礎に計算すると、「暗夜行路」本篇は、確かに、主人公満二十五歳の秋の日の描写で幕が開く。それなら、四年後大山で自然としたたしんで一種悟道の心境に達する謙作は、二十九歳としか算定のしやうが無い。にも拘《かかは》らず、大多数の読者が、大山における主人公を四十不惑か、それに近い年齢の人物のやうに感じるのではなからうか。少くとも、本多秋五と私との眼にはさう映る。どうしてかういふ加齢現象が起きたか。結局、長くかかり過ぎた為、終りの方、追ひ追ひ中年に達する作者の風姿がそのまま主人公の風貌《ふうぼう》になつて行つた、作者はおそらく無意識だつたといふのが、私の解釈である。

その傍証とでも言ふべき記述が、作中に見出せる。「後篇」「第四」の第十一節、いよいよ大山への旅に出かける謙作が、旅行案内を見ながら妻の直子に言ふ。

「三時三十六分鳥取行か。若《も》しそれに遅れたら五時三十二分の城崎《きのさき》行でもいい」

急ぐ旅ではないし、どうせ一日で山までは行けないのだから、何時の汽車に乗つても構はないと言つてゐるのだが、果して当時、そのやうな列車が実際に運行されてゐたたらうか。「当時」とは、大正三、四年から六年まで、大正七年以降へはみ出すことはあり得ない（理由は、後述する）さういふ年代を指す。ところが、大正四、五年頃の「鉄道時間表」をいくら調べてみても、そんな列車は出て来ない。では二本とも、小説家が発車時分まで勝手に拵《こしら》へた架空の列車かと言へば、これ亦違ふのであつて、約十年後、昭和二年の「旅行案内」を見ると、京都午後三時三十六分発鳥取行、五時三十二分発城崎行の、ちやんと運転されてゐることが分る。昭和二年が、該当部分の書かれた年である。

つまり、作者は、大正初年が舞台の小説の主人公を、昭和二年の時刻表で旅立たせて、その矛盾に気づかなかつたわけで、同様のことが主人公の年齢についても言へるのではないか。執筆時の、——昭和二年なら満四十四歳の、志賀直哉の風格が、知らず知らず謙作の上に投影して、主人公は段々、理詰めで計算した年齢より老《ふ》けて行くのではないか。

此のやうな問題点を内蔵してはゐたけれど、「暗夜行路」はさらに十年後の昭和十二年春、前述通り九年間の休載期間を置いて、みごと完結した。改造社から全集が出ることになり、たつた一つの長篇を未完のまま其処へ収めるわけに行かず、今度こそ何が何でもの意気込みで、まる三ケ月かけて最後の五十三枚を書き了《を》へるのだが、実際それは、みごととしか言ひやうの無い出来栄《できば》えであつた。大山中腹、朝あけの自然描写、蓮浄院の病室における夫婦の心理描写、いづれも多くの評者が、大正昭和の文学史に残る名文として長く認めてゐるところである。

ただし、此の解説では、「暗夜行路」についてそれ以上文芸評論風な言及は差し控へたい。美しく出来上つた芸術品に形而上学《けいじじょうがく》的考察を加へるのは、私の好みでなく柄でもない。主人公の自我の強さとか、社会的視野の有無とか、運命の問題、男女間の倫理問題、そちらへ重点を置いて是非を論じたい読者には、完結後こんにちまでの六十年間に、汗牛充棟ただならぬ「暗夜行路論」が用意されてゐる。著者自身も、幾つか覚え書風のものを書き残してゐる。「暗夜行路」とは如何《いか》なる小説か、一応は説明せねばならぬ解説者の役目として、それらの中から、著者の談話の一節を引用するだけに留めて置きたい。

「『暗夜行路』は（中略）出生から来る一種の運命悲劇で、その運命を出来るだけ賢く、意志的に抜け出さうと努力する事が筋といつていいもので、（中略）運命的に来る不幸は賢愚によらず来るもので、如何《いかん》ともしがたいが、それを出来るだけ賢く切抜けたいといふのが『暗夜行路』のテーマになつてゐる」（「稲村雑談」）

込み入つた発表事情についても、最初記した以上のことは差し控へる。生井氏の「後記」があるし、著者も「続創作余談」と「『暗夜行路』覚え書」に詳しく書いてゐるからである。私どもの記憶して置くべきは、それよりむしろ、雑誌「改造」の寛容さであらう。休載に次ぐ休載に格別苦情も言はず、続きが出れば僅《わづ》かな枚数でも快く掲載して、又何ケ月も何年も、根気よく次を待ち、十六年後、つひに此の名作を完成させた。編集部の立場に立つて見れば、相当我儘《わがまま》勝手な執筆態度であつたらう。

主人公の年齢と、年齢に不釣合な老成した風貌の食ひちがひは、長くかかり過ぎた為生じたと推定されること、既述の通りだが、「暗夜行路」には、その他にも幾つか矛盾点があつて、これ亦著者の、「殿様将棋」風な執筆ぶりが原因を成してゐる。曾《かつ》て私は、此の長篇をモザイクの名品に喩《たと》へたことがある。一つ一つを手に取つて眺めると、極めてリアリスティックで美しく堅固な細片が、上下左右のつながりなぞお構ひなく、かなりちぐはぐに嵌《は》め込んである感じで、時代の推移に沿うた一つの物語として見ようとすると論理的な破綻《はたん》が生じる、それでゐて、不思議に全体の統一は保たれてをり、読む者に支離滅裂な印象を与へたりはしない、各細片があまりに美しくリアリスティックなせゐかも知れない、さういふ意味であつた。

谷川徹三は、青年時代より満五十年間直哉に親炙《しんしゃ》した学者だが、「西欧のロマンの概念からすれば、あれはロマンではない」と評してゐる。「『時任謙作行状図絵』で、ロマンの理想型からすればどんなにでも悪口言えるものである。しかしその悪口は結局、油絵でないものに油絵の画面を求めるのと同じことになる」

此の指摘を私流に敷衍《ふえん》するなら、我が国の美術史上古い伝統を持つ絵巻物のやうな文学作品、戯《たはむ》れに名づければ「謙作上人絵伝」、美しくて格調の高い日本独自のすぐれた古典だが、遠近法は無視されてゐる、これにそれを求めるのは、西欧絵画の手法を以て日本の絵巻物を律するものだ、と。

以下は、その絵伝、或は行状図絵が、我が国近現代史の（前述通り多分大正初年の）どのあたりの年次を背景にして繰り拡《ひろ》げられてゐるかの、具体的解析である。

主人公謙作の住む土地は、主なところだけ順に挙げて、東京赤坂福吉町、尾道、東京府下大森、京都南禅寺北の坊、同市外衣笠村、大山と、計六箇所だが、これは一体、西暦で言つて千九百何年頃の東京、京都、尾道なのか。

謎《なぞ》を解く鍵《かぎ》が、作品の中に十幾つ隠されてゐる。作者は隠したつもりなぞ無く、それによつて時代を明示するつもりも無かつたやうだが、偶然書きこまれた些末事が、ひそかにその役を果してゐる。鍵を全部持ち出すと煩瑣《はんさ》の度が過ぎるので、今回三つ乃至《ないし》四つにしぼることにして、その第一は、日本橋架け替へ工事の描写である。「前篇」の中ほど、「第一」の第十二節に、主人公と兄の信行が、橋の工事現場を暫《しばら》く眺めて行く場面があつて、「頰髯《ほほひげ》のいかめしい土方」や「背広に日本脚絆《きやはん》をはいた測量技師」、「油のギラ〱浮いた水溜《みづたまり》で顔を洗つてゐる女労働者」の姿などが、さすが志賀直哉の筆と言ひたいくらゐ鮮かに描かれてゐる。むろん作者がある時実際に見た光景であらうが、作品の構成上はこれが、謙作の尾道へ発《た》つ数日前のことになる。

江戸時代以来ずつと木橋で、焼失流失の重なつた日本橋が、ルネッサンス様式の近代的な石造橋として開通式を迎へるのは、明治四十四年の四月三日、したがつて謙作たちが工事現場を見たのはその前年——、前々年の可能性もあるが、まづまづ明治四十三年の暮近くと承知して差し支へあるまい。

右の事実と記述とを基準に取ると、「暗夜行路」は明治四十三年秋の赤坂福吉町で物語が始まり、同年々末から明治四十四年春までが主人公の尾道暮し、帰京後大森へ住まひを移した謙作の悪所通ひが又激しくなるところ、すなはち明治四十四年の梅雨時を以て「前篇」が終る。これで前後、年代や年齢の辻褄《つじつま》が合ふか。実は合はないのである。

「前篇」「第二」の第三節を開いてみて戴《いただ》きたい。吉原の引手茶屋で、友人たちと夜明しの、賑《にぎや》かな遊びをして赤坂へ帰つて来た謙作が、お栄に、

「初めてああ云ふ処へ行つたんだけど、何だかそんな気がしなかつた」

と言ふくだりがある。祖父の妾だつたお栄が答へる。

「初めてぢやあ、ありませんもの。お行《ぎよう》の松に居た頃にお祖父《ぢい》さんと三人で行つた事がありますよ。何でもあれは国会が開《ひら》けて、梅のつ、き、い、出しのあつた時だつたかしら」

「そんな事はない。国会の開けた年なら、僕が三つか四つだもの」

「さう？　そんなら何時《いつ》だらう。夜桜かしら」

国会（帝国議会）開設は明治二十三年、その時数への三つか四つと言ふなら、謙作は明治二十年又は二十一年の生れ、日本橋架け替へ工事を見て尾道へ向ふ明治四十三年暮には満二十二歳か三歳の勘定になる。吉原一流の引手茶屋へ登喜子や小稲といふ一流芸者を呼んで遊ぶことを覚え、赤坂の老妓から「仲《なか》の町《ちょう》の芸者衆でお遊びになればもう本物です」と讃《ほ》められるには、いくら何でも若過ぎるだらう。

ちなみに、「梅のつ、き、出、し、」とは、国語辞典を繰つても検出出来ない言葉で、それが直哉流に、登場人物の会話の中へ何の説明も無くひよいと出て来る為、色んな謬説《びゅうせつ》が生れて、今尚《なほ》そのまま通用してゐる。例へば、「吉原の風習のひとつ。正月になじみの客に、小梅を紫蘇《しそ》で包み、砂糖漬けにした甘露梅を出した」といふ文庫本の注解などがそれだが、ありやうは、吉原の古い年中行事、花魁《おいらん》道中のことである。普通桜の咲く頃催すのを、梅の季節に繰り上げて行ふ場合、「梅のつき出し」と称した。これはしかし余談である。

明治四十三年秋を物語の発端と決めては具合の悪い、例証の二つ目は、「前篇」「第二」の第一節に出てゐて、意外な物がその役をつとめる。尾道へ行くのに謙作は、横浜神戸間濠洲《ごうしゅう》航路の汽船に乗るのだが、横浜の桟橋を離れて間も無く、此の船が英国の軍艦のそばを航過し、その場景を作者が描いてゐる。

「艦尾にミノタワと書いた英国の軍艦が烟突《えんとつ》から僅ばかりの烟《けむり》をたてながら海底に根を張つてゐるかのやうにどつしりと海面に置かれてあつた」

これは英国東洋艦隊旗艦の「マイノトール」(H. M. S. MINOTAUR)、四本煙突基準排水量一万四千六百噸《トン》の巡洋艦で、訪日の理由も横浜入港碇泊《ていはく》の日取りも、海軍関係の文書にちやんとした記録が残つてゐる。

明治天皇が崩御されて、大正元年九月、御大葬に際し、僚艦三隻《せき》と共に儀礼艦として横浜へ入つたのが一回目、次は同じく大正元年十一月、観艦式参列陪観の為、単艦で入港し、十二日の観艦式終了まで四、五日間碇泊してゐた。謙作が見るのは二回目の入港時、――と言ふより、尾道へ向ふ数へ年三十歳の志賀直哉が、大正元年十一月九日、日本郵船濠洲航路船日光丸のデッキに立つて、此の軍艦と、艦尾に記された「MINOTAUR」の八文字を見たのである。

「暗夜行路」は自伝小説ではないから、著者が何かを見た年月日を、そのまま主人公のそれと重ね合せることは出来ない。フィクショナルな要素がたくさん織り込まれてゐるのを、当然認めなくてはならぬけれど、明治四十三年の橋梁《きょうりょう》工事風景と、大正元年の英艦横浜在泊風景と、まる二年開きのある明白な事実を、数日置いただけで両方主人公に目撃させるのは、あまりにも不自然であらう。どちらかを、作者が不適切な場所へ不用意に嵌め込んだモザイクの細片として納得するより他あるまい。ただ、どちらを取るかによつて、物語全体の年代設定が変つて来る。もし軍艦ミノタワ（マイノトール）の方をクローズアップするなら、物語の始まりは明治天皇崩御後間も無くの大正元年秋、主人公の年齢も其処で、「ほぼ二五歳」といふ本多秋五の推算が生きて来る。では、その仮説を容認したとして、次、「後篇」の年代推移はどうなるか。

謙作は、尾道を引揚げて三ケ月後、「不図した気まぐれで」単身京都へ移り住むのだが、それが大正二年の七月になる。出生の暗い秘密を知つたことと、そのあとの打ちつづく放蕩《ほうとう》とで荒《すさ》んでゐた心が、京の神社仏閣、古美術を見て歩いてゐるうちに和んで来て、近所の宿に逗留《とうりゆう》中の、北陸敦賀《つるが》の旧家の娘直子を見染める。仲に立つてくれる人があり、話がとんとん拍子に進んで、同年十二月結婚、南禅寺北の坊に世帯を持つ。

翌大正三年一月、市外衣笠村の借家へ引越し、婆《ばあ》や一人置いての仲むつまじい新婚生活がつづく。新鋭の作家でありながら、まとまつた仕事はせず、京の春を遊び暮す。十月、長男直謙生れるも、丹毒に感染、生後三十余日で死亡。折角明るい暮しを自分のものにしかかつてゐた謙作は、何か見えざる運命の悪意を感じる。

大正四年五月、謙作は朝鮮旅行に出る。外地へ渡り、水商売に失敗し、京城で逼塞《ひつそく》してゐるお栄引取りの為。十日後帰洛《きらく》。留守中訪ねて来た直子の従兄《いとこ》要と、直子との間に一夜のあやまちありしこと判明。事情を聞いて、許すと称しながら、再び心荒み、謙作の精神状態正常でなく、夏から秋にかけて、屢〻《しばしば》直子に乱暴を働く。

大正五年一月、長女隆子が生れるが、夫婦の間柄中々元のやうにならず、七月、つひに一時的別居を決意、かねて天台の霊場と聞く伯耆大山へ赴く。蓮浄院といふ寺の離れを借り、鳥や虫や草木としたしんで独り暮しをしてゐるうち、謙作の心境大きく変る。八月、御来迎《ごらいごう》を見に大山登頂の途中、食あたり気味だつた謙作の容態悪化し、中腹の萱《かや》の茂みの中へ坐《すわ》りこんで朝明けを待つ。蓮浄院までやうやく帰つて来た時には、熱高く、弱り切つてゐて、かなり危険な状態と見え、直子が電報で京都から呼び寄せられる。久しぶりに妻と対面、「私は今、実にいい気持なのだよ」と言つて眼をつむつてしまつた夫の、手を握り、穏かな顔を見ながら直子は、「助かるにしろ、助からぬにしろ、兎《と》に角《かく》、自分は此人を離れず、何所《どこ》までも此人に随《つ》いて行くのだ」、しきりにさう思ふ。其処で「後篇」の幕が下り、「暗夜行路」全体も終りになる。

細部を除いて、簡略に、もう一遍記せば、大正元年秋（推定九月）から大正二年六月までが「前篇」、大正二年七月から大正五年八月までが「後篇」といふことである。ところが、一つ別の「鍵」を持つて来ると、此の年代設定にも忽《たちま》ち狂ひが出る。

「前篇」「第二」の第十三節、尾道から帰つて、お栄と二人、大森の借家住まひの謙作が、

「それはさうと由《よし》を博覧会へやるのは何日《いつ》がいいでせう」

と、お栄に相談する。今度の鍵はその「博覧会」である。会場に設けられた「南洋館」の「土人の踊」が評判なので、女中の由を見に行かせてやりたい、何日《いつ》にしようと言つてゐるのだが、どんな博覧会で、「土人」とは何処の国の人なのか。大正三年三月、上野公園を正会場に開幕した大正博覧会がこれに該当し、こんにち流に書き改めるなら、当時蘭領《らんりよう》だつたボルネオとジャワから二十七人の踊り子が来日、「樺太館」「朝鮮館」と並ぶ「南洋館」の舞台でインドネシアの民族舞踊を披露して連日好評を博してゐたのである。

それではしかし、謙作の大森暮しが大正三年になる。物語の発端は大正二年に繰り下り、物語の終りも大正六年に繰り下る。あちら立てればこちらが立たず、要するに、「鍵」の取り方次第で「暗夜行路」の年代は数年づつ前後へずれるのだが、ただ、最大限ずらして、終りがこれよりあとにはならない。伯耆大山の場面が大正七年又はそれ以降といふことはあり得ない。作者は別のところで、無意識のうちにさう証言してゐる。

博覧会についての会話のすぐ前、「第二」の第十二節、大森の家――、正確には「大井の山王寄り」の「一軒建ての二階家」を借りることに決めた謙作が、大森駅で兄と一緒に下り横浜方面行の通勤列車に乗る。

「大森の停車場へ来ると（院線電車のない頃で）上りは少し間《ま》があつて、下りが先へ来た。鎌倉へ帰る信行を送りがてら、横浜まで支那料理を食ひに行く事にして、そして晩《おそ》くなつて謙作だけ東京へ帰つて来た」

「院線電車云々《うんぬん》」と、注釈のやうな九文字を、何故括弧に包んでわざわざ此処へ書き入れたか、作者の意図はよく分らないけれど、期せずしてこれが、年代推移の最下限を指し示す。

院線電車とは鉄道院所轄《しよかつ》の官有電車、のちの国鉄電車、此処では特に、現在のJR京浜東北線の電車のことだが、東京横浜間、これの営業運転が始まつたのは、東京駅開業と同じ日、大正三年十二月二十日である。つまり、作中の此の場面はそれより前、蒸気機関車が牽引《けんいん》する列車しか無かつた頃の話で、運転間隔もやや間遠だつたといふのが、括弧内九文字の説明せんとするところで、これは取りも直さず、謙作の大森暮しが大正四年以後といふことはあり得ない、したがつて物語の終りはどんなにおそく見積つても大正六年夏といふ証明になつてゐる。

結論として、此の「運命悲劇」の展開過程を、編年史的に正確に策定することは不可能、西暦一九一〇年（明治四十三年）から一九一七年（大正六年）まで八年間のうち、足かけ五年を時代背景とする物語と、大まかに解して置くより仕方がない。遠近法を無視した、或は遠近法をぼかした、絵巻物風の名作と感ずる所以《ゆゑん》である。

次は作中人物について。「暗夜行路」に登場する老幼男女の数は、端役中の端役まで入れると、私の計算で二百三十五人にのぼる。その中にはモデルがあるのもあり無いのもあり、「続創作余談」で作者がそのことを、ある程度詳しく語つてゐる。

「主人公謙作は大体作者自身。自分がさういふ場合にはさう行動するだらう、或ひはさう行動したいと思ふだらう。或ひはさう行動した、といふやうな事の集成と云つていい」

「お栄といふ女は性格的には全然モデルなしに終つた。お栄の境遇は或女から聴いた其《その》女の経験を出来るだけ利用したが、性格の方は全然見本なしだつた」

「直子はなるべく自分の家内にならぬやう、最初は体格など全《まる》で別の人物に書いてみたが、いつか段々家内に近い人物になつて来た」

一番大事な人物三人に関しては、かう書いてゐるのだが、これを以て時任謙作イクォール志賀直哉、直子イクォール志賀夫人と解すると、ちがふことになる。謙作が祖父と母の間に生れた不義の子といふ運命も、謙作の朝鮮旅行中直子のをかす一夜のあやまちも、完全なフィクションで、むしろ、その虚構の設定を思ひついた時から、尾道で試作中だつた私小説が「暗夜行路」へ変つて行くのである。ちなみに志賀直哉は、朝鮮旅行の経験が無かつた。

「前篇」で、物語の展開上大きな役割をつとめる女性お栄は、「後篇」でも依然重要人物の一人なのに、右「続創作余談」の一節通りモデル無し、境遇だけ「或女から聴いた其女の経験を」生かしたといふ。その「或女」が誰かは分つてゐて、明治四十三年の志賀日記にのべつ、「峯」と漢字で名前の出て来る吉原角海老《かどえび》楼《ろう》の遊女、本名桝谷みね、源氏名大巻、ただしこれも、その花魁が一時期直哉と同棲《どうせい》して家事を取り仕切つてゐたなどといふ事実は無い。「境遇」とは、彼女が娼妓《しょうぎ》を廃業し、朝鮮、天津へ渡つて自分で水商売を始めて以後の境遇である。

その他《ほか》、二百三十人余に及ぶ登場人物、作者が創作余談の類で明してゐなくとも、モデルの分つてゐる者が相当数あり、例へば謙作結婚の仲介役「石本」は、岩倉具視《ともみ》の妾腹《しょうふく》の子岩倉道倶、直哉より学習院二級上の古い友達だとか、芸者「登喜子」は本名徳子、昭和三十年頃、六十過ぎた老妓になつて未だ座敷へ出てゐた、先代中村吉《きち》右衛門《えもん》の御贔屓《ごひいき》で、吉右衛門と連れ立つて岩波書店の役員室へあらはれることがよくあつたとか、挙げて行けばきりが無い。これ亦煩瑣の度が過ぎることになりさうなので、此の解説では一括省略する。モデル列伝の代りに記して置きたいのは、同じく作中人物についての穿鑿《せんさく》だが、主人公の名前の由来、就中「時任」といふ苗字《みようじ》のいはれである。

此の姓と名とをめぐつては、戦前国文学者の片岡良一が、戦後文芸評論家の平野謙が、ほぼ同趣旨の、独特な解釈を公表してゐる。時の流れに任せて運命に対し謙虚でありたいと願つてゐる男、かねて隠遁《いんとん》超脱の世界への憧《あこが》れを見せてゐたその男が、時が過ぎ行くと共に静かな諦《てい》観《かん》の境地へ入つて行く、そこで物語が終ることを、作者は時任謙作といふ名前で暗示してゐるのだと——。なるほどと思はせられるうがつた説だが、直哉はこれを読んだのか読まなかつたのか、肯定も否定もしてゐない。時の流れに任せて云々は、あくまでも国文学者と評論家の推測に過ぎず、著者未承認のまま終つた新解釈といふことになる。実際に残つてゐるのは、「どこからあの名前をおつけになつたのですか」と尋ねた末弟子の私に、

「あれはね、学習院の上の級に時任といふ人がゐたんだよ。それを思ひ出してつけたんだ」

さう答へた直哉の一と言のみである。

こまかく探せば、それ以外、前回の全集（昭和五十九年刊菊判全集）第九巻の「未定稿47小説商人の子」（明治四十一年）の中に頭のはげた銀行員「時任惣次郎」が登場するのと、同全集第十五巻「手帳12」（明治四十二年）に「時任清之助、学者」といふ人名が出て来るのと、二つの「時任」が見つかるけれど、どうも「暗夜行路」の主人公とは、全く関係が無ささうに思へる。「白樺」創刊より前の明治四十一、二年当時、直哉の頭の中に長篇の構想なぞ未だ無かつた。

では、「暗夜行路」執筆開始に際し、作者があらためて名前をもらふと決めた実在の上級生「時任」はどんな人物だつたか。先生歿後《ぼつご》二十年近く経《た》つて、私は妙な偶然からそれを明らかにすることが出来た。助力してくれたのは、一人が学習院の院史資料室長茅根《ちのね》英良氏、もう一人が私の古い知友時任正明氏、——此の人とは「暗夜行路」の主人公と偶《たまたま》と同じ苗字の時任さん、ただ、さう思つて長年つき合つてゐたのだが、ふと思ひ立つて調べてみたら志賀直哉の上級生時任の近しい縁者であつた。正明氏自身、そのことに気づいてゐなかつた。

途中経過の詳細を略して書くと、明治中期の学習院在校生の中に、時任静二、時任静三の兄弟二人がゐる。彼らの父親は明治初年の函館《はこだて》県令時任為基《ためもと》、函館では今も名高い人物で、後年市内に五十万坪の時任牧場を開き、県令旧宅のあたりに時任町の名前を残した。二人の男の子のうち、上の静二が学習院中退後父の事業を継いで時任牧場の経営者になつた。静二は内村鑑三と親しく、牧場へ鑑三を泊めたことも度々あつて、内村鑑三全集に時任家あての鑑三の手紙が収めてある。

下の静三も、理由は分らないが、やはり学習院を中途退院した。牧場以外の親の財産を静三が相続し、東京の芝白金三光町の大きな邸宅に住んで、何不自由無く暮してゐたやうだが、身辺に複雑な事情が生じて、大正十二年、千葉県の茂原へ隠棲《いんせい》する。茂原には日蓮宗《にちれんしゅう》の古刹《こさつ》藻原寺《そうげんじ》があつた。静三は此の寺の和尚《おしょう》に勧められ、初老の齢で仏道の修業を始める。修業成つて静三を養基と改名、昭和十一年、藻原寺の末寺、長生村万福寺の住職に迎へられる。

直哉は時任兄弟「退院」後のかういふ経歴を知つてゐたわけではあるまい。静二静三、どちらの時任を思ひ出して「暗夜行路」主人公の名前にしたのかも分らないが、年齢差から考へて、多分弟の方だらう。日蓮宗の僧侶《そうりょ》、静三改め養基大徳は、亡くなつたあと、元函館県令為基夫妻の眠つてゐる品川の禅寺、東海寺の墓所に葬《はうむ》られた。墓石に「昭和三十一年十二月二十七日俗名時任静三逝年八十四歳」と彫り込んである。

余話をつけ加へるなら、私の友人時任正明は静二静三の従弟《いとこ》の子、テレビタレントの時任三郎も此の一族、静三の末娘時任もと子は、戦時中出版社「ぐろりあ・そさえて」に勤めてゐた編集者で、日本浪曼派《ろうまんは》の文士、保田与重郎、浅野晃、檀一雄《だんかずを》らと親しかつたと、色んな因縁がからんで来るけれど、彼らの系図を函館県令のもう一代前まで溯《さかのぼ》ると、江戸時代末期の薩摩《さつま》藩の右筆、時任為徳《ためのり》といふ人に突きあたる。大体、時任姓を名のる家の殆《ほとん》どが鹿児島の出身で、それなら小説の時任家も元は島津の家臣でなくてはならぬはずなのに、作者はそれらしい筋立てを全くしてゐない。旧藩主の葬儀が伝通院で営まれた時、幼い謙作も参列し、「おかくれになつた」を「隠れん坊」だと思つて金屏風《きんびょうぶ》の裏を探し廻つたことなど書いてゐるのに、それが何処の国の殿様かは、作中一度も触れずじまひである。

　では何故、学習院の先輩友人、たくさんある名前の中から鹿児島地方特有の「時任」を選んで主人公の姓としたか、想像を逞《たくま》しうしてみると、先の片岡平野説は案外正鵠《せいこく》を射た正説といふことになるかも知れない。「時任」が薩摩につながるかどうかは作者の配慮外、「謙作」と併せて物語のメイン・テーマに打つてつけの名前と思つて、それで決めたといふ想像乃至推察だが、此の新説、著者未承認のままに終つてゐることはすでに述べた。

「暗夜行路」の特徴の一つは、その主人公時任謙作が、小説家でありながら、五年間、小説を発表した形跡の全く見あたらない点であらう。同業の友人阪口は、謙作の作風を讃めてゐる。門外漢の友人、工学士の竜岡や、兄信行の同級生だつた雑誌記者山口も、彼の作品が出来るのを期待してゐる。結婚後識《し》り合つた京都の学生水谷、久世の二人は、時任謙作の小説が大好きだと言ふ。謙作自身も、創作の仕事は「自分の生涯を打込んでやる仕事」、「人類全体の幸福に繫《つな》がりのある仕事」と考へてゐて、机に向ふのを決してなほざりにはしてゐない。興が湧《わ》けば、「此の機をはづさず」と仕事にかかる。それでゐて、東京でも尾道、京都、大山でも、完成した作品は、スケッチ程度のもの以外一つも無い。旧藩主「おかくれ」の場面を始め、幼時からの思ひ出を綴《つづ》り合せた自伝小説も、栄花といふ女義太夫《ぎだゆう》を主人公にした「女の罪」がテーマの小説も、結局ものにならず、中途で打ち捨てられてしまふ。一部の人に高く評価されてゐるのは過去にどんな作品があつてのことか、物語の展開して行く五年の間、一作も小説を書き上げず発表せず、そのままで、作家時任謙作は安心立命の境地に達し得るのか。

繰返しになるが、これこそ「暗夜行路」の「暗夜行路」たる所以であつて、主人公を小説家に設定してはあるものの、西欧風の、「若き日の芸術家の肖像」と副題がつきさうな長篇と、性質がちがふ。やはり、個性の強い一人の男性時任謙作の「行状図絵」、終りの方に出て来る「仕事は第二」といふ述懐、「寂滅為楽《じゃくめついらく》」といふ仏語、恵心《えしん》僧都《そうず》の話、等々から窺《うかが》へるやうに、謙作が心身解脱《げだつ》して行く過程、「恵心僧都と共に手を合せたい」気持になつて行く過程の方を主軸に描いた、極めて日本的な、絵巻物に近い文学作品なのではなからうか。

以上、従来の「暗夜行路論」「志賀直哉論」があまり取上げてゐない些事ばかり取上げて書いた傾きがあるけれど、これを新しい平成版全集の「暗夜行路」解説に代へて筆を擱《お》く。

（岩波書店『志賀直哉全集第四巻 暗夜行路』平成十一年三月）

＊

＊

＊

座談会

わが友　吉行淳之介

阿川弘之　遠藤周作
小島信夫　庄野潤三　三浦朱門

三浦　私は、きょうは進行係というところですけれども、それぞれの吉行淳之介とのかかわりをはっきりさせるために、最初に知り合った契機とか思い出とか、この辺が話の糸口になるかと思います。しかも、必ずしも同時に会ったというわけではないと思うので、自分はこの時代に、こういうときに、こういう形で会ったということを、順々に話していただけたらと思います。

並んでいる順序どおりでいきますと、阿川氏あたりからお願いします。

阿川　昭和何年かはっきり覚えてないんだけど、吉行の年譜を見ると二十七年だな。昔の僕の同人雑誌仲間で、左翼に行っちゃった連中が、「現在」という雑誌をつくって、集まりをやろうというんで、今の山の上ホテルの近くの、雑誌会館かな……。

三浦　そうです。雑誌会館です。

阿川　集められて、行ってみたら、文学運動というよりこれ、思想運動なんだね。誰や彼やが替りばんこにいろんなことというわけですよ。文学者たる者はこういう風にしなくちゃならぬと、アジ口調でやるもんだから、僕は癇《かん》にさわって。

雑談の中ですら、共産中国にはハエが一匹もいない、絶対にいないというようなこと、言い張るんですからね。そんなばかなことあるもんかというわけで、カッカして何か反対意見を述べてたら、向こうの方でニヤニヤしているやつがいるんだ。それが吉行だった。その晩早速吉行のとこへ押しかけて博打《ばくち》ぐらい始めたかもしらんな(笑)。

庄野　ちょっと補足しますと、年譜の二十五年のところに「春、庄野潤三と知り合う」とあるのですけれども、だから知り合ったのは僕の方が皆さんの中では一番早かったと思うのです。

今阿川が会ったときのことは、僕が吉行と知り合ってから、そのころ大阪に住んでおりまして、東京へ出てくると、必ず吉行と会っていた。そして、「現在」の会のときも、僕は召集を受けて出席した。そのときに、会の前に吉行と会って、どこかの飲み屋でお酒を飲んでいたのです。そしたら、僕が時間を気にするようなそぶりをするので、吉行が、「どうしたの？　何か用事があるの？」というから、こういうわけで「現在」という会が何時からあるんだ、あまり気が進まない会なんだけどねといった。

吉行と飲んでいた店とその日の会場とが近かったんだ。だから、吉行に、「君も一緒に行ってみないか」と僕はいったのです。そのころの新人といわれる人を大体網羅しているから、吉行が行ってもおかしくない。芥川賞の候補になったかならないかというころだったと思います。吉行が、じゃ行ってみようかといって、来て、そして着席していた。

そしたら、そのとき、一人一人指名されて、なぜ自分は今日の会に来たかというようなことをしゃべらされた。阿川が気に入らなかったというようなこともあった。そして、吉行も指名されて立ったら、吉行が「私はオブザーバーでして」。それを二回か三回いって、それで座ってしまった。そういうあれだったわけです。

三浦　それをもう一度僕が補足いたしますと……（笑）。

小島　君もいたか。

三浦　いた。「現在」の会というのは昭和二十七年の二月ごろに始まった。そのころ、大学の赤門のすぐわきにあった学士会館が最初の会場なんだ。それがメーデーのあたりからだんだんおかしくなって、出席をとったりなんかする。メーデーで突撃したとかなんとか、手柄話をするような、阿川弘之のいうようなことがあって、これは文学の集まりじゃないと阿川がいい出したわけなんだ（笑）。

　そして、賛成するやつと反対するやつははっきりいおうじゃないか。反対するやつが一人一人理由をいって、反対したのは阿川と庄野潤三と、島尾敏雄《しまおとしお》は両方にかかわり合いがあったから非常に苦しい状態で、何か長くしゃべった。要するに反対だった。それから、石浜恒夫《いしはまつねお》がいて反対だった。私も反対だった。もう一人、オブザーバーと称するのがいて、それが吉行淳之介なんだ。彼は「オブザーバーつまり吉原でいう冷やかしというやつで」といったけど、全然冗談が受けないんだよ（笑）。

　それで外へ出たら、初夏のころで、どこへ行くかわからなかったら、吉行が、家が近いからおれの家に来いと言う。それで、一台のタクシーにそれだけの人間が乗っていったんだよ。おれは後ろにギュウギュウに三人乗ったやつのひざに乗っていたから、外が全然見えなかった（笑）。そしておりて、ここはどこといったら、市ケ谷の駅のそばだといわれた。

庄野　僕はまた口を入れますけれども、吉行が「おれのうちにマムシ酒があるから」。焼酎《しょうちゅう》の中にマムシを入れたの。それを飲みに来ないかといって、それでみんなの気を引いたわけだね。そして、何となくみんな憮然《ぶぜん》としている者ばかりがそこへ乗っかったわけだよ。吉行のサービス精神というかね……。

三浦　だから、彼は追い出されたやつを引き取ってくれたわけだよ（笑）。

阿川　つまり「現在」の趣旨に合わなかった連中の待避場所というわけね。
三浦　そうなんだよ。現在ではなく「過去」の人だったわけだ。
三浦　時代的にいうと、その次に知り合ったのは小島さんだと思いますけれども。
小島　年譜では「一二会」というのは、後の「構想の会」と書いてありますけれども、「この年の二月から始まった新人の定期的会合である」、昭和二十八年と出ていますね。これは「文學界」で集まったあの会とは違うのですか。
阿川　いや、あれだと思う。確認してはいないけど。
小島　あれですか。僕も結局あそこで知り合ったと思うのです。これを見ますと、僕の紹介で、「春から夏にかけて、千葉県佐原市の病院で療養生活を送る」。確かにこういうことはあったのです。なぜこういうことになるかというと、僕は佐原市の女学校に勤めていまして、二十四年に東京に出てきました。東京に出てきてからも、その病院の子供が次々と成長してくると、僕は家庭教師をやっていたのですよ。そういう関係もあったものですから、こういう紹介ができたのですけれど。
　そもそも吉行淳之介を知ったのは「文學界」の集まりでだと思うのですよ。その集まりは、たしか三浦朱門さんと三、四人が一緒になってメンバーを集めたのですね。

発起人の名前が書いてありました。そこで庄野さんとも知り合ったし。阿川さんはこのときにはその会と関係ないでしょう。
三浦　この人はそのころ既に一人前だった。
阿川　しかし、あの会は行ってるよ。「構想の会」、何度か行ったの覚えてるもの。
小島　「構想の会」はね。ですけれども、「文學界」の集めたその会は、あなたはそのときはもう文壇に出ていたから、いないと思いますけれどもね。
庄野　その資格はなかったわけだ。
小島　そうそう。そこで島尾さんもいたし……。
庄野　『春の城』で読売文学賞をもらっていたから。
小島　そうだ。あれは何年にもらったのですか。
阿川　さあ、ちょっと……。吉行と知り合ったのと同じ昭和二十七年か、その翌年か。
小島　ですから、『春の城』は一年前なんです。遠藤さんは留学中で、皆さんと知り合ったのはずっと後ですものね。だから、このときに「文學界」の集まりで知って、佐原の病院で療養生活の話が出たのはそれからだと思うのです。
　どういうことでこの話が出てきたかわからないのですけれども、結果的には山野さんという人の病院で、春から夏にかけて療養したと書いてあるようにいて、結局そこにいて治らないので、手術を受けに清瀬病院に入院したということになるのですがね。

この辺のところは、佐原に彼が行ったということは覚えていますけれども、その後は、何年ですか、三十年でしたか、皆さんが「新潮」に短篇を書きましたね。四月に、十日くらい前にパッといわれて書いたことがありますでしょう。あなた（庄野）は『黒い牧師』、あなた（三浦）も何か書きましたよ。そういうんで十何人集めてザーッと書かしたのですね。そのときに、「新潮」の編集者によると、斎藤十一（新潮社重役）さんの企画で、「第三の新人」はいかにだめかということを証明するためにみんなに書かせると、こういうのです（笑）。私はそう聞いたのですけれども、それでずっと並べたわけですよ。

僕は『殉教』というのを書いて、そのときに吉行さんが書いたのは、『水の畔《ほと》り』で、川の岸のそばの病院にいる、そこを舞台にして書いたんですね。だから、佐原のことを書いたのですね。そのことは覚えているのですよ。

僕は教師をしていたし、それほど知り合うこともなかったし、もちろん「現在」の会合に招待を受けなかったのですけれども、「一二会」というのはどうして「一二会」というようになったんでしたかね。

庄野　どうせ一、二回でつぶれるから（笑）。

小島　それは「第三の新人」だから。要するに「一二会」に行って、そこで皆さんが知り合ったことがもとになって、市ケ谷の吉行さんの家に行くようになったと思うのです。そこへ安岡さんも来たりなんかしていて、要するに吉行さんの家は行きやすいのですね。駅の前でしたから。それでまた彼は上手に誘うもんだから。

庄野　客を歓迎するのです。

小島　僕は小石川高校の教師をしていまして、近いものですから、昼休みにそこを抜け出して彼の家に行くのですよ。そんなことで行ったり来たりしていましたものですから、この病院の話が出たんじゃないかと思うのですね。

僕はそのころに彼の家に行って、いろいろな彼のおもしろい話を聞いて、こんな小説書こうと思っているとか、割合にそういう話が多かったものですから、それが非常におもしろくて通って行きましたかね。そのときが一番吉行さんとはつき合いが深かったですよ。僕としてはね。その後は余りそういうことはなかった。この一、二年は、僕に限らないと思いますけれども、皆さんも……。

庄野　とにかく吉行の家にみんなが集まっていくのです。たまり場みたいになっていた。これは吉行の人徳で、奥さんも非常に気さくな、親切な人でした。

小島　そうでした。「にいちゃん、にいちゃん」という。どうして「にいちゃん」というのかね。

三浦 「おにいちゃん」といっていた。あれ、妹が「おにいちゃん」というから「おにいちゃん」。

庄野 いや、「にいちゃん」の方が多かった。

遠藤 庄野さんは、吉行と個人的に随分つき合ったんですか。

庄野 僕が吉行とつき合ったのは、本当に初めの方、若いときだけです。昭和二十年代の終りころ。

阿川 そうか。

庄野 うん。さっきいったように市ケ谷の家にみんなが押しかけて行ったころ、僕はまだ大阪に勤めがあって、大阪から東京へ出てきたときに、吉行の家にいつも泊めてもらった。とにかく吉行はいつも家に泊めてくれる。泊まるのが当り前のように吉行は泊めてくれた。あれは奥さんもよかったんだな。九段の宮川のうな重を出前でよく取ってくれた。気前のいい夫婦だった。

そのぐらい親しくしていたけれども、三十年代から後、吉行がどんどん書き出してからは、余り会うことはなかったな。というのは、これはプライバシーになってくるからあれだけれども、吉行の家庭の環境が変わったろう。それから僕はちょっと会えなくなったな。

三浦　遠藤はいつごろだった？

遠藤　私は、外国から帰ってきて、後に「新潮」の編集長になった谷田昌平と二人で「構想の会」に出てこないかと安岡にいわれた。安岡は学生時代から知っていたから。行こうと思ったら、三浦が、あの会に入りたい者はテストがあるといって、恵比寿《えびす》の飲み屋でテスト。君は文学についてどう考えているのかとか、いろいろ口頭試問されて、それではパスさせるといって行ったんですよ。そのときは吉行が入院していまして会えなかった。何回目かに吉行が清瀬から退院してきたことがある。昭和二十九年のころじゃないかな。

三浦は、庄野さんと同じくらい？

三浦　遠藤と吉行とは結核という同病を持っていた。それで……。

遠藤　同病相哀れんだか。

三浦　そういうところがある。

今でも覚えているのは、「はせ川」という飲み屋が銀座裏にあって、そのころ、会費五百円で集まらせてくれて、帰りに銀座裏を一列横隊になって歩いていたら、ふとだれかが、「あっ、遠藤がいない」といった。どうしたんだろうと思って立ちどまって振り返ったら、遠藤周作があたふたとやってきて、「お前ら、冷たいなあ。おれがヨタ者に絡《から》まれているのに、みんな知らん顔して行った」。「どうして遠藤なんて、見るからに金のないやつにたかったんだろう」と僕がいったら、吉行が「それがあいつの才能だ」といったのを覚えているよ（笑）。どういう意味かわからぬけれども、非常によくわかるような気がした。

阿川　いや、出た覚えがある。

遠藤　あの「構想の会」というのは、楽しかったよな。阿川は余り出てこなかったね。

阿川　いや、出た覚えがある。

遠藤　しかし、あのころ、吉行をしのぶ座談会なんかするなんて、夢にも考えてなかったなァ。辛《つら》いよ。

阿川　あのころって、「現在」や「構想の会」のころなら僕もまだ三十代初期。吉行の病歿《びょうぼつ》したついこの間のことなら彼がちょうど七十僕が七十三。

遠藤　でも、この間三浦が終戦記念日にひっかけて「産経」に書いていたけれども、吉行の死というのは、我々同世代の作家の死である。

阿川　みんなの終わりが近づいている象徴かも知れんね。

遠藤　いよいよ最後のカーテンが開いたということだな。

でも、正直いって、小島さんなんか、吉行がこんなに早く死ぬと思っていました？

小島　ずっと病気であることは、十何年前からね。ほとんど会わないし、会合でも余り顔を合わせない。ですから、彼が悪いということは知っているけれども、悪いということがずっと続いているものだから、永遠にこのままいくという感じでおったわけですよ。だから、びっくりしましたよ。大体入院していることさえも知らなかった。

遠藤　僕も多少は彼ががんではないかと想像していたし、しかしそれを言葉には出せないから「カゲ」といっていた。「カゲ」が、去年だったかな、消えたでしょう。そしたらすごく彼は喜んで、ちょっと躁病《そうびょう》みたいに喜んでいた。それからまた再度入院したから、また消えるんだろうと思っていた。

三浦　ただ、彼は、肉体にせよ、精神にせよ、社会の中のものにせよ、健康なものを余り好きじゃなかったですね。

　だから、彼が結核になったときは既にぜんそくだったんだけれども、その上に結核になったと聞いて、僕は慰める気持ちもあって、まさかということでニコニコしながら、療養すれば大丈夫だよ、てなことをいったら、彼はうつうつとした顔をしていて、君は病気とは縁のなさそうな顔しているな、おれが死に、仲間が一人一人死んでいくと、お前だけが弔辞を読むんだろうな、と言った。嫌みとは思わなかったけれども。

彼は健康なものを憎んでいたけれども、やはり不健康さに対して心弱くなるときもあったんだろうなと思うね。

小島　ただ、一方において「飼いならす」という言葉をよく使っていたでしょう。それで、実は僕は大体彼の小説を読み直したのですよ。ゆうべからきょうにかけて。小学館の全集をほとんど読んだんですね。そうすると、病気のことじゃなくて、人間関係、女との関係だとか娼婦《しょうふ》とか、そういう関係の中でも「飼いならす」という言葉を何遍も使っていますね。だから、いろんなことにおいてちょっと手ごわいとか、ちょっと自分を何か不安に思わせるものに対して、それを飼いならすという形で自分をトレーニングするとか、持たせるとか、そういうふうに思っている、そういう姿勢は繰り返しよく出ていましたね。

だから、彼はぜんそくにしても、よく飼いならすといっていたんだけれども、要するに飼いならしているんだよ、それしか手はないし、飼いならすんだと。いろんなことについて飼いならすということを、彼は自分の得手にしているんだという言い方をわざとしているところがあって、それが特徴だと思うのです。その言葉をほかのところで見つけて、おもしろかったです。

三浦　「飼いならす」というのが、つまりトリックとかディプロマシーじゃなくて、彼の寛容とかやさしさとか神経の細かさなんで、僕はいまだに恥ずかしいこととして覚えているんだけれども、市ケ谷の堀の向かい側に菓子屋が二軒あって、和菓子屋なんだけれども、その中のどこかで水羊羹《みずようかん》かなんかがおいしいというのね。それで、前を通ったとき、どうせ市ケ谷の家はみんながいるし、たまたま僕は幾らか金があったから、水羊羹を買おうとして、ここだと思って入って買おうとしたら、吉行が、「いやいや、違う」と、それとなくいうんだね。だから、あっ、間違ったかと思って、入り直そうとしたら、「いや、いいんだ」と言う。しようがないから、不得要領のままそこで水羊羹を買って店を出たら、実は向こうの方の菓子屋なんだけれども、一度入って、要らないというと、この店に悪いじゃないか、向こうの水羊羹はうまいということを多分知っているに違いない、だから気の毒だというんだよね。そういう深読みをするやさしさのようなものはあった。

小島　それにちょっとでもこちらが違和感を与えるような言い方で返事したりすると、彼はかなりこだわって、またもう一回繰り返すんですよ。

　佐原の病院に彼が世話になった後、会ったときに、とてもよくしてもらったというんですよ。ところが、よくしてもらったって、普通の言い方では、彼はありきたりの礼をいっていると思われても困ると思ったのでしょう。何度も繰り返すのですよ。本当にだよ、本当に世話になったんだよ、僕はそう思っているんだよと繰り返す。今の話と似ていると思うけれども、そういうところはいいかげんに済まさないのですよ。

僕はたまたま病院のときのことを、きょう来る前に思い出してね。この病院のこともちょっと忘れていまして、ゆうべ二時ごろ思い出したのですよ。暑いものだから、寝られないときに、アッと病院のことを思い出してね。今、あなたがそういったものだから、何となく今そのことが出てきたのですよ。

庄野　その佐原の病院に、僕は安岡と二人で見舞いに行ったことがある。そしたら、川を背にした病院で、病院という感じじゃなくて医院、医院の横に病室がくっついているという感じでね。吉行が退屈していたものだから、とても喜んでくれてね。そしたら安岡が、僕はきょうはここに泊まっていくというのです。そして、僕だけ東京に帰ったのですけれども、そんなことがありました。

小島　あの川は小野川といって、利根川から入ってくる川なんですよ。それで町をずっと流れて、そこに醸造元だとか、蔵が並んでいるのですね。そういう趣のある、風《ふ》情《ぜい》のある川なんです。

庄野　そうだ。風情のある、いい川だった。

三浦　今、小島さんが彼の性格ということをいっていたけれど、中産階級のいじましいイメージみたいなのがあるでしょう。あの人は、あれは本当に嫌いだったね。女学校の同窓会とか幼稚園のピクニックみたいなのは、とても嫌いだったね。

阿川　俗世間の実業家なんてものに対しては親愛感なんか絶対に示さなかったな。さっき三浦の言ったやさしい「深読み」でも、相手によってはひねりにひねった悪意ある深読みになるんでね。

僕は今、「新潮」に吉行の追悼文を書きかけてるところで、ダブるのは困るから、あんまり沢山しゃべれないんだが、いつか邱永漢《きゆうえいかん》家の夕食にさそわれたことがある。僕たち夫婦と吉行と三人が呼ばれたんです。ほかにお相客はって聞いたら、丸井百貨店の青井夫妻が見えることが分ってね。そしたら吉行が、「おれやめる」といい出した。だって丸井というのは都内あちこちに支店を構えて、電話は全部〇一〇一番で統一して、それを売り物にしてるだろ。たまたま上野毛のおれンちの電話番号が〇一〇一なんだ（笑）。上野毛支店出すためか何かでこれを乗っ取りたいからおれたちと一緒に飯食うんだというんだよね。「そんなことないと思うけど。おまえ流の深読みのしすぎだよ」といったら、「そこがおまえの考え方の浅いところで」と、僕を低能扱いするわけよ（笑）。事業家が、何の利益にもならないのに、文士と飯食ったりするもんかって……。「そんなことないと思うがな。行ってみたらどうだい。うまいし」といったら、しぶしぶついてきた。それで、結果は電話の話なんか全く出なかったがね。

丸井の青井社長夫人というのは、平安朝文学の研究家でもあって、僕は、一緒に旅行したこともあるし、わりに親しいんで、後日念のため、「実は吉行が」と打ちあけ話してみたら、「さあ、主人に聞いてみますけど」ということで、つづけて電話で、「あの辺じゃちょっと採算が取れないので、そんな計画立てたこと一度もないと申しておりました」(笑)。

遠藤 おれは、今の天皇陛下が皇太子のころ、吉行と二人で話をしに来いといわれて。吉行が電話で、「おれは何も話すことはない。まさか赤線の話はできないし、お前だけがしゃべれ」というので一緒に行ったら、皇太子がハゼの話をなさった。御専門なんだってね。僕は、吉行が黙っているから、「ハゼでダボハゼというのがいますが、あれはどういう種類のハゼですか」と、余り興味はなかったんだけれども、そういったら、天皇陛下が「ダボハゼというのは下等なハゼです」。そしたらそのとき初めて吉行が口を開いた。「じゃ、ダボシャツも、あれは下等なシャツですか」といったんだ。「ダボシャツ? そんなもの、私は知りません」と今の天皇がね (笑)。あれはおかしかったな。

三浦　あの人は割と無知なところがあった。初めて邱永漢と知り合ったころ、あの人がよくごちそうしてくれたでしょう。あるとき一緒に行ったら、邱永漢が、「あなたたち、原稿なんか書いたってしれたものだ。株でお金を儲《もう》けなきゃいかぬ」といったので、みんなで「じゃ、何を買ったらいいか」。そしたら、たしかオリエンタルフィルムだかなんかいって、みんなオリ、オリと覚えて、何を食ってもオリ、オリ。

吉行が家に帰って新聞を見たら、オリンパスカメラ、ああ、これだと思って、オリンパスカメラを買っちゃった（笑）。そして、邱永漢に電話かけて、「あなたのいうとおりオリンパスカメラを買った」といったら、「いや、違う。オリエンタルフィルムの間違いだ」「どうしよう」「まあ、持っていなさい。今に何とかなるから」。

毎日毎日新聞を見ても、別にどうにもならなくて、そのうちに「権利落ち」と書いてあった。外れの馬券と同じで、外れたんだと思って、株券を破って捨てちゃったんだ（笑）。

阿川　上場中の会社の株券捨てたのかい？　ふうん。

随分長い間、銀行にも昼休みがあると思ってたやつだからね。

三浦　あの人は健康なものを嫌いというより、この文筆業という商売をやるよりほかにしようがないところがあったなあ。

遠藤　だけれども、編集者としては優秀だったらしいよ。「モダン日本」ですか、忘れたけれども、編集者だったという手記があるでしょう。だから、会社勤めはできないかもしらぬが、ジャーナリストとしては感覚があったんじゃないかな。

三浦　でも、彼は甲種合格になるくらいの体していたんだし、麻布中学では級長さんだった。

あるとき、駐在員で英語のすごくうまい人に会って、「あんた、英語上手ですね」といったら、「いや、私は小学校三年まで、おやじが正金銀行だもので、ロンドン育ちでして」。なら当たり前だと思ったんだけれども、彼は日本に帰って英語を全然忘れていた。麻布中学に入って、英語はそこそこの成績だった。そうしたら、級長がフッと見て、「おお、君、割と英語ができるんだな」といったというんですね。その級長が吉行淳之介だったのですよ。そして、発奮して、おれは小学校三年まで英語を使って生きていたんだと思って、「一生懸命英語をやってこうなりました」といったのを聞いたことがあるね。

だから、あの人はある年までは、少なくとも中学三年くらいまでは、健康なのは嫌いなんてことをいえない人だったと思うんだけれども。

小島　いつかどこかの雑誌で、立ち跳びというのかな、踏み切りから立ったままで飛ぶやつね、あれで写真が載っていたけれども、彼はかなり自信があったらしくて、三メートル……。

阿川　僕と二人で洗足の家でやってたのを、「週刊現代」が撮った写真じゃなかったかな。

小島　あれ、得意だろう。

阿川　あの頃はまだ元気だった。昭和三十七、八年ごろのことじゃないかしら。上野毛へ移ったのが何年かな。もうちょっと後だね。

三浦　いや、昭和二十七、八年ごろ、市ケ谷の家で洗面器に水を張って、何分顔をつけていられるか、コンテストしたことがある。僕は最後は、余り長くやると恥ずかしいと思って途中でやめたということがあるけれども、そのとき吉行が一番で僕が二番だった。

庄野　肺に空洞のあるはずの吉行が一番長かった。

三浦　肺に穴があいているんじゃないかと思うくらいね。

彼はギャンブラーとしてどうなんですか。阿川はずっとマージャン、コイコイをやっていたんでしょう?(笑)

阿川 僕はギャンブラーの中でも、彼の友人としてちょっと特殊なんだな。これだけののしりっ放しに四十二年間ののしられた人間というのは僕だけだろうな。むろん、ののしり返すこともしたけど。

小島 なんでののしるの？

阿川 それは思い出したら際限がないの。要するに勝負事するのは、近藤啓太郎もいるし、柴錬もいるし、漫画家たちもいるし、いろいろいるんだが、近藤にも芦田《あしだ》伸介《しんすけ》にも秋山庄太郎にも、柴錬は先輩だし、決してみせないののしり合いが始まる。

みんなの今の話聞いていて思ったのは、健康なものが嫌いだというが、僕は健康なんだ。小島君がいった「飼いならす」は、この健康で癇にさわる男を、飼いならすためだったのかも知れんという気がするな。何しろのべつ会っていた。そのころ某新聞社の学芸部記者で、現代作家の理想像を井上靖さんあたりに置いているのがいたんだよ。おれたちのことは、あれでも執筆者のはしくれだからという感じで、行状を一通り注意して見てはいる。そういうのがいてね、ある日僕が叱《しか》られた。最近何だか、三日にあげず市ケ谷の吉行のところへ行って花ばかり引いているそうだけど、いかんじゃないかと。出世前というか、勉強してもう少しましな仕事をしなきゃならない君たちがと忠告口調だから、「そんなことない。三日にあげずなんてことはない」といったら、「いや、三日にあげずと聞いてるがな」と疑わしそうなんでね、「絶対そんなことはない」。実はほとんど毎日でしてね。三日にあげずを否定したのは嘘《うそ》ついたわけじゃないんですよ（笑）。

そういうふうだから、毎日のように会って、こっちものの しるよ。「深読みの淳之介」とか、「器用貧乏」「小才子」、思いつくままののしるけど、向こうの方がうまいんだよね、東京育ちだし（笑）。そんなわけで、やられているうちにこっちはカーッとなって来る、そうするとまた、カーッとなっているところをつかまえて、実に上手にののしるんだ。

小島　何か一例はありませんか。

阿川　あだ名でいえば、「セントラのヒーさん」とかね。要するにからだの中心からカッカとなる、セントラルヒーティングの弘さん。そのほか、「リトマス試験紙」とか、あり過ぎて思い出せないくらい。腹の底から不愉快で、顔が青ざめてくるようなのし り方をされて、何度も絶交しようと本気で思ったよ（笑）。

それで、当分一切こっちから電話かけない。もちろんはがきも何も出すものじゃない。編集者が来ても、吉行はどうしているかなんて、そんな口一切きかないようにしていると、三週間目くらいにうちへ電話かけてきて、出た女房に、「もしもし、吉行ですがねェ」と、ちょっと丁寧なんだよね。「おっさんは元気にしてますかね」。そこで電話替れば、すぐもとのもくあみになっちまう。

遠藤　パジャマ着てやっとったな。二人とも。

阿川　二人でパジャマなんか着てやしない。おれの家だとおれが赤いガウン着て、おれが向こうへ行くと吉行がパジャマ着てるんだよ。

庄野　吉行がパジャマ持参で君のところに行ったとかいった。吉行が書いていたね。

阿川　ああ、それはあるかもしれない。

遠藤　さっきの、健康なものは嫌いというけれども、思い出すことがあるよ。例えば一緒にバーに行くと、お前はわかりやすいやつしか美人と思わぬと彼はいった……。

阿川　それは僕にもいった。阿川や遠藤が好きなタイプの女というのはわかりやすウい美人、自分のはわかりにくウい美人。だけど、それが君相手なら、吉行は評判の優しいところを見せて、それ以上毒のある言い方はしないだろう。おれだと、そこに、「だからおまえはだめなんだ」というのがつくんだよ（笑）。今ここでそれだけ話せば、笑い話で済むけれども、実にうまく、おれが嫌ァな気がするような言い方をしたね。本当に変なつき合いだった。

遠藤　それは彼の作戦の一つじゃないの？　君を怒らせて。

阿川　それもあったかもしらぬけれど。

庄野　そんなにののしるということは、どこかで阿川が好きだったんじゃないか。全く関心がなかったらそんなにののしらないよ。

阿川　「貴重な友人をよくこれだけののしれるもんだ」といってやったら、「ののしれるから貴重なんだ」といい返しやがった（笑）。

遠藤　吉行と話ししていると、おれは普通の意味でしゃべっても、吉行は、こちらのいった心理をいろいろ複雑に解釈して、ナックルボールで返してくるので、会話するとき、非常に困るときがあった。

小島　ありましたね。

遠藤　僕が単純に、例えば「阿川はばかだ」とかいうとするだろう。何でもないけれども。そうすると……。

阿川　君が僕に、だろう。

遠藤　仮に、だよ。

阿川　仮にじゃない。始終じゃないか（笑）。

遠藤　僕がいうときはさ。吉行の場合は、おまえは利口だということをさらに複雑な言い方でいうわけだよ。

三浦 そういう意味で、変化球の妙な言い方をお互いにしていたのは、安岡と吉行の二人。この二人がやっていると、外国語の漫才を聞いているみたいで、そのニュアンスを感じとるのに、時間をかけないとわからないところがあったね。お互いに彼らなりのウイットを楽しんでいるところがあった。だから、あの二人は漫才でいうと名コンビだったんじゃないのか。

庄野 君（小島）がそのことを書いていたね。何か隠語みたいなことを。

小島 そうだね。僕らがそこにいても、はじき出されちゃうのですよ。僕はヤボな男だし、それと田舎者だし。だから、はじき出されることも、それを喜んでいるところもあるわけですね。電車の中で彼らがやっていると、僕だけはじき出されちゃう。ちょうど東京の中学生が電車の中でよくしゃべっているでしょう、調子よく。あの感じなんですよ。だから、本当におもしろかったですけれども、同時にちょっと寂しい気がしましたね。

阿川 広島出身者として同感だけど、地方から東京の番町小学校あたりへ転校してきた同級生を、いじめたくてしようがないのがいるだろ。さしずめ僕あたりが、そのいじめの対象。そういうところがあったね。

ただ、僕はそうやって本当に三日にあげずのつき合いだったもんだから、実に色んな片言隻句《へんげんせきく》を耳にして、記憶してる。「おまえ、少しはほかの連中にも同じことをいってみろ」というと、必ず「怖くていえない」というんだ（笑）。その「いえない」ことも僕にはいうからね。スッパ抜いたらちょっと具合の悪いような話がたくさんあるんだよ。

遠藤　だけれども、それは君のことが好きだったからだろう。

阿川　いやいや、気の合うところも気にいらんところも色々あっただろうが、とにかくよそじゃ怖くていえない文壇批判、人物批判をいっぱい聞いてる。だから、優しさの中に、相当きつい、冷たいしつこいところがあるというのは、僕しか知らぬ事実かもね。

一度、ずいぶんひどい本音を洩《も》らしたことがあったよ。実名出していうと、流行作家人気作家の中で顔色変える人がいるかもしれんな。吉行さんこそ自分たちのよき理解者と思っているのがたくさんいるからね。よくしてもらってると思ってね。よくしてもらってるのはうそじゃないだろうけれど。

遠藤　しかし、例えば柴田錬三郎みたいな人と、どうしてあんなに気が合ったのかね。

阿川　ダンディズムみたいなものがよかったのね、多分。

三浦　同郷ということはあるよね。あの人は岡山というのを割と意識するところがあったよ。

小島　柴錬さんは岡山の人？

阿川　柴錬は岡山です。

遠藤　おれも遠い形で吉行と親類なんだ。

阿川　安岡もそうなんだってよ。

三浦　吉行の気味悪いみたいな、恐ろしい冷たさみたいなこと、さしさわりのないことでうまくいえないかな。

阿川　実名を伏せないとなあ……。

三浦　実名はXでもYでもいいじゃない。

阿川　それじゃあXだ。エンターテインメントから芸術作品まで、非常に幅広い執筆活動をしているんだと自称してる流行作家Xがいた。今でもいる。吉行を自分たちの兄貴分とする気持ちが強かったようだし、一方、多少ライバル意識もあったかもしれない。そういう連中は大体において進歩派だから、阿川なんてのは反動でどうしようもないけど、吉行さんは自分たちの味方、よき理解者と信じてて、送った本は、読んでもらってると思ってるんだね。銀座のバーなんかで会えば、非常に優しい言い方で、一と言いってくれるしさ。
だけど、実際はどうだったかというと、その人気作家が送ってきた、非常にしゃれた装丁の芸術作品のつもりの新刊書を、おれと勝負事やりながら、二、三度ひっくり返して見て、「一体どの程度のもの書いているのか、一遍読んでみてやろうかな」といったよ。この「一遍」はおかしかったな。一遍も読んでないということだからね。

小島　僕は、たまたまきのうから読んでいたからいうのだけれども、小説を読むと、女が出てきたり、それとのやりとりの中にも、やっぱりその感じはあるね。

阿川　ある。嫉妬《しっと》深いところ、それから残酷なところね。僕も「娼婦の部屋」を読み返してきましたけど、吉行が今あれを書いたら、もう少し削るところがあると思うし、文章も手直しするだろうと思う。文章の成熟度という点では安岡のほうが一と足早かったかもしれんけど、吉行の書くものの中にやっぱりすごい部分はありますよ。

三浦　でも、あの人は、残酷とか冷たいとかいうことを指摘されると、非常に狼狽《ろうばい》したでしょう。

小島　そうかもしれないね。

阿川　そうかな。こっちは、いわば指摘しっ放しのいわれっ放しだから。それでカッカしているから、狼狽したかどうか。気づいちゃいないね。

三浦　僕は指摘したことはないけれども、あの人について向島へ行ったことがあって、女が声をかけてきたのに、吉行が「きょうはお忍びで」といったら、女が、お忍びなんてもったいぶっていえる柄じゃないだろうというようなことをいった。そうしたら、後で「お忍びというのはまずかった」って二度も三度もいう。帰るまでずっとそのことを悔やんでいたね。

だから、ある作家についてこいつはどんなものを書いているかな、なんて吉行が言ったときに、向こうもそういっているかもしれないってなことをパッといったら、彼はこだわったんじゃないだろうか。

遠藤　おれは吉行に「新宿の赤線を案内してくれ」といって、一緒に案内してもらったんだ。

阿川　そうだったな。

遠藤　そうしたら、「あそこにおれの行きつけの店がある」といってね。

阿川　「娼婦の部屋」に書いたあれか？　事実としてはもう少し後だろうな。

遠藤　とにかく彼はその家に入ったわけだ。おれが道で待っていたら、吉行が階段から転げ落ちてきたの。あとから女が吉行の顔に塩をばらまいてね（笑）。おれはここではモテるんだなんていっていたのが、塩だらけになった（笑）。

阿川　それは今僕のあげた短篇にも書いてるよ。何かで「おれはきょうは不能かもしらぬ」といったら、「それじゃ、あんた何しに来たのよ」といって塩をまかれるんだ。

遠藤　そうじゃなくて、この間吉行が行ったとき、お客が来なかったんだって、験《げん》の悪い客として塩をまかれた（笑）。

阿川　それじゃ、塩をまかれたこと、何度かあるのかもしれないね（笑）。

三浦　彼は何となくもてそうなイメージを与えている割に、あの世界では歓迎されない客だったんだろうね（笑）。

小島　それが作品の中で一つのさわりになっているんですよ。どの作品だったか、若い男女のやりとりがいろいろとあって、自分の入れ歯がガクガクするとか、みっともないところをパッと出して、そこでバランスをとっているとか、そういうことはしょっちゅうありますね。ですから、いろいろな芸当をやっていて、塩をまかれるというのは現実にもあったでしょうけれども、そのうちの一つ。作品の中でも一つのポイントになるようなね。

遠藤　そこは何という作品にありました？

阿川　「娼婦の部屋」の最後のところ。

遠藤　おれのは「娼婦の部屋」の後だったよ。

阿川　「娼婦の部屋」は吉行が二十五、六歳のころのことをのちに書いた作品だから。
遠藤　塩をぶっかけられたのはもっと後だよ。
阿川　だから、「娼婦の部屋」を書いたとき、彼が、二十五歳のときのこと、そのままは書いていないかもしれない。後年の体験をそこに使ったかもしれないしね。
小島　それで、かなり後になって前の時代を書くという作品が随分多いですからね。
阿川　それはそう。
遠藤　でも、銀座のバーのホステスが誕生日だとかいって、彼が途中で香水を買った。ポケットに入れてバーへ行ったら、おれだったら誕生日といってすぐ渡すだろう。あいつは全然渡さない。地下のバーだったけれども、帰りに階段を上りながら、あと二段で外の歩道というところで、「そうそう、きょうは君の誕生日だったな」といって渡すの。そうすると、ホステスがジーンとしてね。ああいうところの芸ってすごかった。
阿川　半ばたくらんで、だけど、半ば無意識にそれができるんだよ。
遠藤　ああ、そうか。
三浦　だけど、あの人が近藤啓太郎とか遠藤周作と仲よくなるというのは、ある意味ではちょっと不思議なことで、近藤啓太郎と初めて知り合ったころは、吉行は「近藤みたいに柄の悪いやつとはつき合わぬ方がいい」といっていた。

最初に会っていろいろな話をしているときに、吉行がたまたま人間の女と犬とのセックスの見世物があるといったら、近藤啓太郎はもうそれ以外は頭になくて、「ワンマンショーを見に行くべえ」以外いわなくなっちゃって、何もかもめちゃくちゃになった（笑）。

庄野　それは僕も覚えている。「ワンマン見に行こう」といってね。

三浦　あれとつき合っちゃいかぬ、とんでもないことになるといったわけ。

遠藤のときは、何か知らないけれども、日本語が通じないということだった。そのとき吉行が、「遠」い「近」いの差はあれど、同じ「藤」がつくから注意しろといったのを覚えているよ。

そのくせ彼は、二人と警戒しないでつき合っているね。

阿川　うん。

三浦　阿川弘之に対するみたいに、ぶつけても大丈夫だからというふうなつき合い方じゃなくて。

阿川　うん。

遠藤　きょうは近藤啓太郎は来ていないけれども、個人的には、近藤が一番吉行とつき合っていたんじゃないのか。

阿川　そうね。病気で会えなくなってからも始終電話をかけていたようだよ。

三浦　近藤啓太郎が、非常にいい魚が手に入って、余りうまそうなんで、片身を食って残りの半分を持ってくる。そういう素直な友情を彼は愛していたね。変化球ばかり投げていると疲れるんじゃないかな。

阿川　僕もそれを思う。さっきの銀座のホステスへの心遣いだって、疲れそうだもの。近藤啓太郎と軽井沢のおれの山小屋へ泊りに来るときなんかも、車に乗ってくるんだけれど、着いた途端、「メロンをお土産に持ってきてやった」というから、「そうかい、そりゃありがとう」といったら、「だけど、車の中であんまりいい匂《にお》いがするんで、近藤と二人、半分ずつみんな食っちゃった」(笑)。そういうふうにできる相手なら、疲れないだろうからね。

遠藤　ナックルボールの会話は余りしなかった。

三浦　近藤啓太郎には通じないだろう。あのときは何をいってもワンマンショーだもの(笑)。ほかに何をいっても受けつけない。こんな会合は早くやめて、ワンマンショーを見に行くんだ(笑)。

遠藤　そうだったな。「はせ川」の二階でみんなが文学論をやっていると、近藤が一人だけそういう話を大声でやっていたからな。
　あの「はせ川」の会はいつごろなくなってしまったんでしょう。
庄野　「構想の会」、傘張り浪人なんていっていたやつ？
遠藤　そうそう。
庄野　さあね。
遠藤　みんなが芥川賞をもらった……。
庄野　いや、みんなもう芥川賞はもらっていたな。
遠藤　僕は加わってからもらって、近藤も僕の後にもらったんじゃないか。
三浦　三十五、六年までは続いたんじゃないかな。ただ、一つの旗のもとに集まったのではなくて、「現在」の会からはみ出した人間があそこで一緒になった。はみ出し者の雑軍だったから、それぞれ自分の巣ができると、あのグループには一つになる必然は全然なかったんじゃないかな。
阿川　そうそう。僕たちの仲間は一つの運動をしようという気はなかったからね。よく遊んでいたけれども、みんなバランバランで。
遠藤　でも、「はせ川」に行っていたころは、「第三の新人」は本当に評判が悪かったね。

三浦　その他という形で共通の被害者みたいなものだったから、よく会っていたけれども、そうでなくなったら、集まる必要がなくなったんだよ。
阿川　それはそうだ。
庄野　阿川も小島も行ったけれども、僕がロックフェラーの給費留学生でアメリカへ行ったときに、安岡から「第三艦隊沈没せんとす」という手紙が来た。行ったのが昭和三十二年だから、その翌年のことかな。
遠藤　おれはそれを一緒に書いたんだ。
庄野　そうか。「早く帰って戦列に加わってくれ」ってね。そのころ有力な新人が出てきて……。
小島　石原慎太郎とかね。
庄野　いや、大江とか開高とかじゃなかったかな。石原慎太郎もいたかな。
阿川　僕がロックフェラーで行ってたときに石原が出たんだ。昭和三十年の暮です。
遠藤　それで、吉行が「おれたちは傘張り浪人だ」といっていた。
小島　僕は向こうにおるときにあなたから手紙をもらったんですよ。そこに、第三艦隊が沈没しそうになっているから、早く帰れといってきているということが書いてあった。

それから、十返《とがえり》さんがコラムで大分批評していたでしょう。僕らはみんな三百円ぐらいの金を安くしてもらって、群れをなして「はせ川」に集まっていたでしょう。小さい魚ほど群れたがるというので書いたんですよ。そういうことをいうのに打ってつけの相手だった。そういう時期はありましたよ。

三浦　安岡、吉行は芥川賞をもらっていたと思うけれども、そのころ編集者に電話をかけたら、きょうは何とか先生と何とか先生の集まる座談会で、ちょっとつき合えないということだった。それで「きょうどこそこに代表的な流行作家が四、五人集まってやっている。あそこの料亭にダイナマイトを仕掛けたら、おれたちにもちょっとは注文が来るかな」なんて吉行がいったのを覚えているよ（笑）。

遠藤　あのころ純文学の雑誌から一ヵ月に一回ぐらい注文が来ればよかったぐらいじゃなかったですか。

小島　年に三回ぐらいだったら、よかったんでしょう。それに短篇だからね。戦後の作家でも何でも長篇小説ですよ。阿川さんも大体長篇小説を書いていらしたでしょう。

阿川　初めはそうでもないけれど。

小島　あなたがよく「はせ川」の会で、長篇を書かなければ全集に残らぬぞとかいったことをよく覚えているけれども、とにかくみんな短篇でしょう。五十枚ぐらいあれば十分だったわけだ。僕の『小銃』なんか二十六枚ですからね。

阿川　そんなこといいましたかね。

小島　結局、そういうので大したことはないんだという……。戦後の人たちは長いものを書いておったでしょう。

僕はそのころ明治大学の夜学を教えに行ったときに、平野（謙）さんが「どうして第三の新人のようなものが出てきたんだ」というんだよ。だから、「大きなタンクが行った後は歩兵がついていく。そういう意味じゃないですか」と僕が笑っていったら、「そうかな」なんていっていた。要するに、どうしてこういう小粒なやつが出てきたのか、どうしても理解できないというんですよ。

三浦　そのころ安岡章太郎がどこかの座談会で、戦後派といわれる人たちがブルドーザーでやった後を、我々は細かく小さな畑にしているんだというようなことをいっていたけれども、しかし、遠藤なんていうのは最初から長篇だったし、「第三の新人」の共通項なんて実はないんだよ。簡単にいうと、はみ出し、落ちこぼれなんだよ。

遠藤　共通項といったら、まず左翼を信じないことだろ。

三浦　嫌いだった。

阿川　第一次戦後派のことを「左翼崩れ」、「第三の新人」のことは「不良少年崩れ」

とかいわれてたね。

遠藤　特に吉行の場合は、イデオロギーとか、そういうものを絶対信じない男だったからね。

三浦　それでも、警官がラブホテルの客をチェックする警職法ができるなんていうときに反対していた。「我々が女房と一緒にどこかホテルで寝ていると、臨検!!といって警官が来て、お前の女房を裸にして調べる。こんなのを許せるか」といったのを覚えているよ。

遠藤　あのころ高見順さんが音頭をとってデモをやらせたろう。

阿川　あれは六〇年安保のときだったんじゃないかな。

遠藤　それで、おれは「文學界」に「大衆を信じない」と書いたんだよ。戦争中のときの大衆は信頼できないし、戦後の大衆も信頼しない。だから、安保の時文学者がデモを組んで反対するのはいかがかと思うと書いたら、高見さんが怒ってね。叱《しか》られたことがあったんだよ。そうしたら、吉行が「当たり前じゃないか。大衆なんか信じられるか」といった。

阿川　ああ、そう。

三浦　あの人、健康も嫌いだったけれども、大衆も嫌いだったね。

遠藤　確かにイデオロギーは嫌いだったね。だけど、本当に忍耐強い男だったな。
阿川　わかってるよ。何を忍耐してたか、オフレコみたいなことをいろいろ思い出す。
三浦　まあ、名前を出すとね。
遠藤　いいにくいことがあるんだろうな。
「週刊朝日」にまりちゃんが吉行のことを書いているけれども、あいつ、銀座のバーでどのくらいモテたのかなァ。
阿川　どうも知り過ぎているんでね。なかなかいいにくい。
三浦　おれは遠藤は知っているけれども、遠藤よりはモテたな。
阿川　モテたかモテないかといえば、モテたさ。『目玉』に至るまでの作品、『夕暮まで』とか『暗室』とか読めば、宮城まり子と事実上の夫婦で三十何年、亭主のほうが操《みさお》を守り通したとはだれも思わないだろうから、ある程度のことはいったっていいだろうけれども、ある程度から以上はちょっといいにくいなァ。
三浦　いえないことがやたらあることになるね。
阿川　そう。
遠藤　でも、まりちゃんあっての吉行という部分もあるだろう。
阿川　献身的ということでは、まりちゃんは、そりゃあ献身的でしたよ。

三浦　それから、あの人は父親のものは読んだことがないみたいなことをいったりしたというけれども、僕はそれは信じないね。僕は題は忘れたけれども、あの人の父親エイスケ氏のモダニズム文学の新書版の本を借りたことがある。そうしたら、三日ぐらいたったらすぐ電話がかかってきて、「あれは今は絶版だから、すぐ返してほしい」。父親のものを非常に大事にしていた。

それから、昭和三十七、八年ごろ、僕は日大の教師をしていたんだけれども、フリーの時間が一つあって、瀬戸内（寂聴）さんだの阪田《さかた》寛夫《ひろお》だのに来てもらったときに、吉行も来てくれた。そのときのテーマは「昭和初期のダダイズム」だった。だから、自分の父親とか中村正常のグループの仕事を自分はしっかり受けとめたいという気持ちがあったと思うね。

阿川　君のお父さんもそっちに近いというか、文筆の世界の人だったものね。

遠藤　何もいわないけれども、やっぱり父親は非常に意識していたな。

庄野　やっぱり懐《なつ》かしい気持ちがあったようだね。井伏《いぶせ》さんが亡《な》くなったときに「新潮」に「井伏さんを偲《しの》ぶ」というのを書いた。

その中に、井伏さんがだれかと対談した中で、昔、井伏さんが市ケ谷のエイスケの家へ遊びに行ったら、庭でブランコに乗っていた男の子がいる。それが今の淳之介だという話が出てきた。吉行はそれを読んで、あの井伏さんが家に来てくれたのかとうれしかったと書いてある。それはお父さんに対する懐かしさの反映だね。

阿川　今度エイスケの小さなノートが見つかった。

三浦　エイスケについての淳之介のノート？

阿川　違うの。エイスケ自身が書いたノート。これをだれの所有物にするかというので、また……。

三浦　妹でいいじゃない。

阿川　そうあっさりいけばいいですよ。そこらがなかなか難しい。

三浦　吉行の場合、話して安全なのはエイスケのところまでぐらいかな。エイスケには会ったこともないしね。

阿川　僕ももちろんない。

小島　ただの想像だけれども、結局吉行君とよく似ているね。根本的なところでは作風が似ていると思うんですよ。

三浦　ああ、そう。

小島　僕はけさ、小学館の全集の中の吉行君の入っている一冊を見ていたんですけれども、田久保（英夫）君が解説を書いているんです。田久保君という人もよくお父さんのことを書くでしょう。彼の小説を読むと、自分がお父さんと同じことをしているというような感じの小説ですよ。それと何か似ているんです。

田久保君の解説はそのことも意識しながら書いているようです。田久保君も、自分のおやじさんの女に対する手の出し方とか、そういうことについて、かなり執拗《しつよう》に小説に書きますね。だから、そういうことはあるなと思う。気質とか、本当のところはわからないけれども、結局似たようなことをしているんだということもありますね。

阿川　そう。吉行はお父さんのエイスケに対するある種のライバル意識みたいなものが非常に強かった。

三浦　ただ、僕は興味があったから父親の死ということをしばしば聞いたけれども、いつ死んだかよくわからないが、中学校のとき死んでいるという。

阿川　静岡高校に入る前ぐらいじゃなかったかな。

三浦　そのころですね。そして僕が、あなたはそういうけれども、優等生のなれの果てじゃないかという意味のことをいったことがある。亡くなった十返肇《はじめ》さんの話によると、十返肇氏がまだ日大の学生だったころ、エイスケ氏とコイコイなんかやっていると、廊下の障子の真ん中にガラスがあるでしょう。そこから吉行がのぞいて、「また博打なんかやっていやがる。いけねェんだぞ」といったという。

ブランコをやっていたり、博打はいけねェんだぞといった淳ちゃんがどこで変わったか、いろいろ話したことがあった。吉行は中学のときに、洋服の上からしていたのか、シャツの上からしていたのか知らないけれども、左の腕にゴムバンドをしていたという。「なぜしていたんだ」というと、「なぜだかわからないけれども、幅の広い輪ゴムで左にバンドしていた」という。本当かうそかわからないけれども、決して一〇〇パーセントハッピー、ハッピーな優等生じゃなかったということをいいたかったのかな。

遠藤　吉行エイスケというのは、吉行淳之介の面倒を余り見なかったんじゃないの。

阿川　面倒見たのは、やはりお母さんのあぐりさんだろうね。それは当然どこの家庭でもそうかもしれないが、我々の年になって母親健在というのは珍しい。淳之介臨終の場で非常なお嘆きようだったね。声を殺して耐えておられたけど。十七歳かで産んだ七十の息子が先立って行くんだから。

遠藤　吉行は詩を書いていたんでしょう。

三浦　初めは詩だよね。

小島　小説を書く前は詩を書いていたんでしょう。
阿川　詩を書いていたね。
遠藤　読んだことある？
三浦　ない。
小島　僕はそれを読んだことがある。なかなか……。
阿川　なかなか悪くないと自分でいっていたよ。
小島　そういって間違いはないと思うね。本になっているしね。
三浦　吉行らしくないと思うんですが、知り合ったころ、東大の印のあるバックルを持っていたりした。それから、英文科を卒業するときに、ローレンス・スターンをやろうと思ったといって、書きかけの論文の下書きみたいなものをちょっと見せたことがあったね。
阿川　それは珍しいね。
三浦　あの下書きは今でもあるか、途中で焼いちゃったかわからないけれども。
阿川　古原稿はあそこの暖炉でどんどん燃していたね。
遠藤　ああ、そう。
阿川　僕も燃している。僕なんか近代文学館に死後何か納めるなんていう気は全くないから、近代文学館の人に「どうしておられますか」と訊《たず》ねられて、「片っ端から燃してます」といった。そのあと、「吉行さんもやってますね」という話をよそで聞いたよ。そういうところは似てたな。
　大抵のこと、意見が合わなかったあいつと意見が合ったのは、その件と、喜寿の会とか、何とか賞受賞祝賀会とか、そういうものは死ぬまでやるのよそうぜということだった。これは完全に意見が合って、「お前と珍しく意見が一致した」なんて両方でいったものだよ。

遠藤　小説を読んでもわかるけれども、あの人は潔癖だったろう。

阿川　うん。

遠藤　外見はああいうものを書いているけれども、中身は潔癖というか、えらく純粋なことを求めている。

阿川　「あれだけ純粋な芸術家を葬《ほうむ》るんだから、通俗なことは一切よそうね、まりちゃん」といって、結局花も受けないし、通夜《つや》も葬式も何もしなかったんだけどね。

三浦　エイスケたちのダダイズムというのも、結局日本の文壇の中である場所を与えられなかったじゃない。井伏鱒二《ますじ》なんていう人は最初モダニズムの一人だった。それがああいうふうになっちゃったわけだ。だから、井伏鱒二氏がエイスケのところへ行ったというのはよくわかる。吉行には、忘れられているダダイズム、父親たちの仕事を認めたい気持があったのではないか。

小島　それはおもしろいね。

三浦　ダダイズムの宿命かもしれないけれども、決してきちんとした部屋は与えられなかった。そのことにこだわったのだろうか、自分もまたそういう場所なんかを求めるべきじゃない。エイスケと同じように、書いているときだけが作家だみたいな思い込み方とダンディズムがあったような気がする。その意味で、父親を本当に尊敬していた。

最後に、忘れられるときには忘れられるんだという意味では、身辺潔《いさぎよ》い。これはどうでもいいことだけれども、日本現代文学において「第三の新人」の果たした役割。

遠藤　そんなものあるのかい（笑）。

阿川　一つずつの作品が答えだよ。

三浦　「第三の新人」なんていうグループはない方がいいよね。

阿川　そうだよ。古いことをいえば、「白樺派《しらかば》」というのがあるようにいわれるけれども、そんなものはない。特に「白樺派」の運動なんてないんだよ。

三浦　雑誌会館、「現在」の会からはみ出して吉行のところに集まって、そのグループプがもとになって「一二会」になって、どうせ「現在」の会を追い出されるに違いないやつを集めて、ワイワイ遊んでいたというだけのことじゃないかな。

阿川　それはいい解釈だね。

三浦　あとは、そのうち一人一人がそれぞれの仕事をしたかしなかったか。それは個人の問題であって、グループとか何とかの問題じゃないものね。

遠藤　だって、文学運動じゃないからね。

三浦　はみ出しグループから「一二会」で広がるときにリストをつくって、吉行が「何かこれ、野球のチームみたいだ」といって、だれがどこのポジションと当てはめた。

阿川　それが残っているとおもしろいね。

三浦　だれがどこだったか忘れたけれども、結果的には、僕はやっぱり安岡がピッチャーで、吉行がキャッチャーだったような気がするな。あとはホームランバッターも何人かいただろうけど。

阿川　僕は、この「構想の会」で初めて遠藤に会ったんじゃないかな。

遠藤　そう。

阿川　そうしたら、吉行が「あそこにいるのが遠藤だ」というんだよ。この話、前にもどこかでしゃべってるけれど、「紹介してやろう」というから、「いや、やめてくれ、やめてくれ。あれはフランスから帰って評論なんか書いてる難しい人だろ。そういうのは嫌なんだよ」といったら、「いやいや、それが変な男でね」といって紹介してくれたのが最初だったよ（笑）。

三浦　僕が遠藤と初めて会ったとき、恵比寿のそばの変な店の二階で、彼が象の鼻みたいな海老茶色《えびちゃいろ》のずるずるの靴下を履いていて、「おれは今まで評論を書いていたが、あんなのはつまらない。これからは小説を書く。いやァ、きょうはうれしい。生《なま》そばの大盤《だいばん》振る舞いをやる」といったら、島尾が困ったような顔をして、「重箱読みとか湯桶《ユトウ》読みと言っても、いろいろある」って（笑）。

阿川　それが今に至るまで続いているから（笑）。

小島　最初のときは「三田文学」でやった会じゃなかったですか。ちょうど帰ってきたときにあなたを呼んできて、三浦朱門さんも僕もいたような気がするけれども。

三浦　あれは出版記念会のとき？

遠藤　そのころは三浦を知らないよ。あのときは安岡が来てくれた。その後だよ。

三浦　そうかな。

遠藤　それで君にテストをされてさ。

三浦　テストなんかしないよ。初め遠藤がスイスの結核療養所のことを「文學界」に書いて、これはおもしろいと安岡に持っていったら、安岡がじっと見て、「この遠藤周作というのが、もしおれの知っているやつとしたら、とんだ食わせ者だぞ、お前」といったのを覚えている（笑）。だけど、だれがどこでどう知り合ったか、本当はもうわからなくなっているのね。

阿川　そうね。

遠藤　おれは「はせ川」の二階で君に初めてごあいさつした。

阿川　そう。僕はさっき庄野がいっていた山の上ホテルの「現在」の……。あの辺だったね。

庄野　そうだね。

阿川　最初に言った通り、あの場で、僕がむきになってしゃべっているのに、ある種の好意を示して黙ってニヤニヤしていたのが吉行なんだ。

三浦　この人は議長席の方、みんなが見える方にいたのよ。

阿川　おれが何で議長席にいたのかな。

三浦　あんたはいつでもそういうところにいるのよ。赤門脇《わき》での最初の会も、暖房のないころの冬の二月、薄日の差しているところにあなたが椅子《いす》を持ってきて大の字になっているから、ほかの人がだれも日に当たれないのよ（笑）。僕なんていつも隅でじっと小さくなっていた。

小島　ここに吉行淳之介がいたら、また何か一言いうところだね（笑）。

阿川　それはもう……。遠藤も僕の悪口をいうけど、遠藤のならそんなにカチンときてムッとならないよ。あいつのは、こっちがカチンカチンときて爆発する寸前ぐらいまでやるんだから、たまらないんだよ（笑）。

遠藤　近藤が「あいつは怒らせると逆上するから、勝負のときには怒らせるようにしているんだ」といっていたぞ（笑）。

三浦　吉行は、麻雀《マージャン》でも何でも、どういう勝負の仕方をするの？

阿川　吉行かい？　成り行きを楽しむ方。勝とうとして目がつり上がってくるなんていうことは全くなかった。僕と差しで花札をやるときも、とにかく勝ち負けは別として、猫が獲物を追い詰めて、なぶり楽しんでいるという感じがあるから、やられている方は不愉快だよ。

三浦　麻雀よりコイコイの方に向いているわけね。

阿川　必ずしもそうじゃない。麻雀だと、ほかに二人メンバーがいるから、その前でからかって見せるのがまた面白いということもあったようだがね。

三浦　自分が負けるときはどうだったの？

阿川　そうあれじゃない。しかし、あの面倒くさがり屋の男が不思議に、新潮社のくれるカレンダーに、何月何日何をやって、どれだけ負けた勝ったというのをきちんとつけていたね。

遠藤　ああ、そう。

阿川　負けたとき、こっちが「おもしろかった」というと、「ちっともおもしろくなかった」というけれどもね。こまかな反面ひどい面倒くさがり屋でね、「面倒くさがり屋の会」をつくろうという話があったんだけど、面倒くさいからやめようということになったって（笑）。

そのくせ非常に神経質でこまかくて、さっきもいったように嫉妬深いところもあった。嫉妬深いというのも、話すといろいろあるんだけど、どうもいえないことばかりだ（笑）。

三浦　この商売は女々しいところがないと。

阿川　そうそう。

遠藤　しかし、毎日やっていたのか。

阿川　一時は毎日に近かったよ。だから、いろいろな事件がほとんど吉行の思い出とつながっている。川端さんが亡くなったときも吉行と対戦してた、東京オリンピック開会式のときも吉行とひる間からさしでやってたために、航空自衛隊の曲技飛行を見そこなった。そういうの、のべつだったね。

三浦　ここにいる人たちは、昭和三十五年ぐらいから、勝負のときとか、病気のときとか、女遊びをするとき以外は余り接触しなくなっているね。

遠藤　しかし、あいつが一番初めに死ぬなんて思わなかったなァ。

今日は近啓と安岡が来ると、もっとおもしろかったかもしれないね。

阿川　近啓は火葬場へ行く日にはもう鴨川《かもがわ》へ帰っちゃった。前の日、遺骸《いがい》の前で「それじゃ、吉行、さようなら」とかいって帰っていったけれど、「こうなったら、早い者勝ちだな」なんていってたよ（笑）。

遠藤　あいつ電話でも、いつも「おれはもう死にたいんだ。早い者勝ちだ」といっているよ。

しかし、まりちゃんの手記を読むと、吉行はまだ小説を書きたかったようだな。

阿川　そうかい。

庄野　僕は、吉行の晩年の随筆が好きだったな。吉行が亡くなってから、文藝春秋の『ややのはなし』をあちこち開いて読んでいたけれども、なかなかおもしろい。この本、吉行が送ってくれた。それから、最後に出た『懐かしい人たち』もいいね。

阿川 そうそう。あれもいい。それから、晩年じゃないけれど、『鬱《うつ》の一年』という、創作として認めていいような随筆があるよ。鬱病だったときの一年間のこと、KKベストセラーズの社長だった岩瀬（順三）のことを書いた話だね。僕は吉行のものなら比較的よく読んでいる。いい作品が多々あるね。最後は『懐かしい人たち』という随筆集だけど、小説は『目玉』まで大体全部評価できる。

ただ、あいつが元気なころは、とにかくお互い意地を張っているからね、お前の今度書いたものはいいなんてことは、四十年間ほとんどいったことがない。あいつがおれのもので「あれはなかなか」とチラッといったのが一回、おれが「今度のお前のあれは」といったのが二回ぐらいかな。あいつ死んじまったんで、きょうは特別大サービスですよ（笑）。

三浦 作品については、いずれ全集や選集、再版などが出るでしょうね。

考えてみると、一番先に死んでもおかしくないような弱い人だった。しかし、いつも入院しちゃ出てくる人だったから、だれかがいっていたけれども、永遠にそれが続いて、また出てくるさみたいに思っていた。

阿川 だけどその一方では、あの病身で、七十歳まで生きるなんて考えられなかったという感じもあるね。

遠藤　そりゃそうだ。

阿川　あらゆる病気があった。病院だけでも常に三つぐらい行っていたんじゃないかな。

三浦　でもアイツは死後の名声なんてのは望まないかもしれない。とにかく、権威、名声、権力、体裁のいい常識を冷笑していた。優等生の肩書を自分から棄ててロクデナシを装《よそお》った人だから。

（「群像」平成六年十月号）

対談

良友・悪友・狐狸庵《こりあん》先生

阿川弘之　北杜夫

司会　阿川佐和子

阿川弘之　マンボウとも一年以上会ってませんね。今日は遠藤（周作）の話をするんだそうだけど、亡《な》くなった友達の話をするこんな機会でもないと会えないというのも寂しいことだねえ。

北　今日はわざわざ呼んで下さってありがとうございます。僕はこのところずっと、腰が痛いので元気もなくて家の外には一歩も出ていなかったんですが、今日は阿川さんと遠藤さんの話ができるというので、久しぶりに外に出ました。

弘之　「腰が痛い、元気がない」というのは、もう何年も聞いて同情しているけど、割に最近、マンボウが「早く安楽死したい」と雑誌に書いて、僕が怒ったことがあったでしょう。

北　そうですか。

弘之　そうですか、じゃないよ（笑）。ちょうど遠藤や吉行（淳之介）、芦田伸介なんかが次々亡くなった後だったから、もうこれ以上、友だちに死なれちゃかなわないと思ってね。あんな不吉なこと書くな、と怒ったんだ。聞かされる側としたら、安楽死よりは腰痛のほうがまだましですよ。

北　佐和子ちゃんともお久しぶりですね。

阿川佐和子　本当に。三年くらい前でしたか、軽井沢で……。その前は「週刊文春」の対談にお出《いで》いただきましたね。

弘之　先週の金曜日、遠藤を偲《しの》ぶ会があってね。マンボウは来てなかったな……。

北　申し訳なかったんですが、あれにも出られませんでした。

弘之　僕は友人代表でスピーチしてくれと言われて行ったんだけど、没後十年たっているから、こぢんまりとした会だろうと思っていたら、ものすごい人でね。東京會舘の一番広い部屋に千人近く集まってるんだ。五、六十人の前で話すつもりでいたから吃驚《びっくり》して、挨拶《あいさつ》もしどろもどろになっちゃった。

佐和子　新潮社の人に聞きましたけど、母さんのことを喋《しゃべ》ったって。

弘之　ああ、そうだ。「のっけから私事で恐縮ですが、うちの老妻が今でも『遠藤さんは優しい方だった』と時々涙ぐむんです」って話をしたんだ。女房が腰を悪くしてる時、遠藤のかけてきた電話に出ると、「奥さん、腰やっぱり痛いんか。そうか、ツライやろうなあ。可哀《かわい》そうになあ」とそれは優しい慰め方するらしい。そのあと僕に替ると、たちまちいつもの悪口雑言が始まるんだけどね。女房は遠藤のそんな一面を知らないんだ。だから今でも遠藤を崇拝している。亭主の僕なら「すぐ病院へ行きなさい、早く行きなさい」、それだけで、ちっとも真味がこもってないんだとさ。

佐和子　えー、お言葉ではございますが（笑）。確かにお父さんは――こういう場合は父と呼ぶべきですかね、ややこしいな――、最初は優しい言葉をかけるんですよ。母が台所仕事していると、「佐和子に働かせたらいいんだから、お前は立つ必要はない。もう休んでなさい、腰が痛いんだから」。それが少しお酒が入ったりすると、「おかずはこれだけか、もう何もないのか。何かあるだろ、もう一品ないのか、早くしろっ」。結局、母は働かされます。

北　阿川さんは「おれより遠藤や北のほうがずっと変だ」と仰有《おつしや》ったとうかがいましたが、本当にそう思ってらっしゃるんですか？

弘之　誰が変ですって？

佐和子　その話は、昔、遠藤さんとご一緒の座談会で私に向かって、「君も大変やなあ」と仰有ったの。

弘之　遠藤が？

佐和子　そうです。「苦労しとるやろう、ひどい目に遭《お》うとるやろなあ。可哀そうな娘や」って。それで私は「確かにそうなのですけれど、つねづね父は申しております。『おれのほうがあいつらよりマトモだ』と」。

弘之　事実そうだろ。

佐和子　「父は『遠藤の家を見ろ。北の家を見ろ。うちはあんなに変じゃない。おれは文士としてはかなりマトモなほうだ』と申しておりますが」と申し上げたら、遠藤さんが「あいつは、そんなことを言うとるんか」とのけぞってらした。

北　僕は、そう変わってはないですよ。

弘之　マンボウが？　そうかねえ。

佐和子　皆様、ご自身のことはよくおわかりではないようで（笑）。

弘之　遠藤はお前のことも気にかけて何か言ってたな。吉本隆明《よしもとたかあき》のお嬢さんのばななさんが売れっ子になったんで、「どうや、お前んとこも阿川りんごとでも改名すれば、売れっ子になるかも知れんぞォ」。

佐和子　「佐和子ちゃんキレイになったなあ、『三日見ぬ間の桜かな』やなあ」。それって褒め言葉じゃないだろうって。

弘之　おれもやられたよ、「お前の娘キレイになったなあ、トンビがナス産みよった」

（笑）。うちの女房がひがんで、「どうせ私はトンビです」（笑）。日本語の用法を必ず少しずつまちがえるんだよ。

北　そうそう、「一天俄《にわ》かに霽《は》れ上がり」。

弘之　これは挙げていくとキリがないよ。「好きなものこそ上手なれ」「徳は孤ならず孤は徳ならず」「つっつけどん」……。

佐和子　え？

弘之　突慳貪《つっけんどん》、のことなんだよ。京都の三条大橋を一緒に通りかかった時、「皇居を伏し拝んだ高山彦左衛門《ひこざえもん》」と言ったのも覚えてる（笑）。

北　高山彦九郎と大久保彦左衛門がゴッチャになってる（笑）。

弘之　僕が「志賀直哉全集」の編集委員をやっていた頃、「暗夜行路」の巻の月報の原稿を頼んだ。そうしたら電話の向うで声をひそめて、「お前、友達やろ、恥かかせるなよ。おれ、『暗夜行路』は勿論《もちろん》、志賀直哉て一つも読んだことないねん。ジョーガサキニテという有名な短篇があることくらいは知っとるが、あれも読んでない」。

北　ふふふ。

弘之　あんまりなんでね、僕たちの年代のもと文学青年で志賀直哉を全く読んだことのない人間も珍しいし、「城《き》の崎《さき》にて」をジョーガサキニテと読むなんて、ちょっと信じられない。ああいうことを言って人を笑わせる、一種のサービス精神かもしれないって三浦（朱門）や吉行に言ったんです。そしたらそれが伝わってね、遠藤から妙に嬉《うれ》しそうな声で電話がかかってきた。「おまえ、今ごろやっとわかったそうやな。もちろんサービス精神ですよ」。どうも、怪しかったがね（笑）。

佐和子　お二人が最初に遠藤さんとお会いになったのは――。

北　僕の最初の本の「どくとるマンボウ航海記」が出た年でした（昭和三十五年）。婦人雑誌の対談で、遠藤さんが入院されてる病院を訪ねて、テーマが確か悪妻論でした……僕は、結婚する直前でした（笑）。

弘之　じゃあ、僕のほうが先に知り合ってる。昭和二十七、八年頃かな、吉行とか遠藤とか三浦とか、いわゆる「第三の新人」みたいな世代の若い文士連中が集まったことがあってネ。どこかの料理屋の日本座敷でした。「現在」という同人誌の会だったかもしれない。隣にいた吉行が「お、遠藤が来とる。お前まだ遠藤周作を知らんのか、そんなら紹介してやる」と言うから、「やめてくれ。フランス帰りの、何か非常に難しい文学論書いてる人だろう。そんなのと話が合う訳ない、紹介なんかしてもらわん方がいい」「いや、それが変な男なんだ」（笑）。それで遠藤が僕の前へ来て、ぶっきらぼうなのか、ぴょこんと頭下げて「遠藤です」と言ったのが始まりですね。

佐和子　その日はそれからどうしたの？

弘之　それからどうしたかは忘れました。五十年以上前のことを一々尋問されても困るんだよ（笑）。

佐和子　一緒に吉行さんの家に行ったり？

弘之　その晩のことかどうかはわからないけど、一台のタクシーに六人で相乗りして市ケ谷の吉行の家へ行って、こたつにあたりながら酒呑《の》んだり、何か勝負事したりしたような記憶はあるがね。

佐和子　でも、遠藤さんは賭《か》け事なさらなかったでしょう？

弘之　しない。たった一度だけ、のちに軽井沢の僕のところで、柴錬《しばれん》と一緒に無理矢理誘ってブラックジャックやったら、あいつが一人勝ちしやがってね。

佐和子　ビギナーズ・ラックで遠藤さんが勝っちゃったの？　で、それきり誘わなかったの？

弘之　誘わなかったし、遠藤もやろうとは言わなかったね。

佐和子　バクチではないですが、「佐和子ちゃんが大学受験で慶応に入れたのは、おれのおかげやから、きちんと御礼しなさい」みたいな話もありましたね。私には「慶応に入ったか、ようやくあんたもハイソサエチーの仲間入りやなァ」って仰有ってましたが。
弘之　そう、おまえが慶応の文学部を受けるというんで、遠藤が親切に白井浩司さんを紹介してくれて。紹介たって、受験の心得を聞かせてもらうだけ、コネで受かるわけじゃないんだけど、たまたま受かった。そうしたら「おれの口利《くちき》きなんだから二百万円相当のものを持って来い」。
佐和子　あら、「薄くて四角いもの」って仰有ったんじゃなかったっけ？
弘之　それは別の話。ある件で三浦朱門が「君にはお礼しなくちゃ」と言うから、「それなら薄くて四角いものがいい」、そう言ったら、サロンパスと焼き海苔《のり》と古毛布を持ってきたんだ。おまえの大学入学の時は、うちにある呑み残しのウイスキーとか国産ワイン、ワカメの古くなったのとか、ありあわせのものを集めて目録をつけて届けたんだ。紀州徳川家御好み鮮若布《わかめ》、故ジョン・F・ケネディ大統領御愛好テネシーウイスキー一瓶、故ドゴール大統領御愛飲甲州産葡萄酒《ぶどうしゅ》一本等々、右時価二百万円相当之品々豚女入学祝トシテ御届ニ及ビ候《そうろう》、って目録を墨で書いてね。そうしたらあいつ、それを玄関に額にして飾ったって言うんだ（笑）。ウソだろうと思ってたら、うちに来る編集者が口々に「見ました、ホントに飾ってます」。あとで遠藤曰《いわ》く「お前の下手な字に、表装代高うついた」（笑）。そういう嫌がらせみたいなことは、常にこっちの上手をいってましたね。

佐和子　遠藤さんと口喧嘩《くちげんか》になることもあったの？

弘之　あったけど、まあ、本気でやり合ったことはほとんどないね。

佐和子　ムッとしたり。

弘之　そりゃするよ。こっちはカッと頭に血がのぼって口から何も言葉が出なくなるほうだけど、遠藤とか吉行なんてのは悪口言うのがことのほか、うまいんだもの。絶妙にこっちの嫌がるようなところを突ついてくるんだ。でも絶交は一度もしなかった。芦田伸介とは二度絶交したけどね。

佐和子　遠藤さんとお父さんの関係と、遠藤さんと北さんの関係は違うんですよね。北さんのことを罵《ののし》ったりはなさらなかったんでしょう？

北　それはしませんね。阿川さんも、吉行さんがエッセイでよく「瞬間湯沸かし器」なんて書かれてるでしょう？　あれが信じられないくらい、僕は怒られた記憶がありません。

佐和子　うらやましいかぎりでございます（笑）。

北　僕はずっと、佐和子さんはおとなしいお嬢さんだと信じていたら、横浜のおうちを新築なさったので初めて遊びに行った時、お兄さんと猛烈な罵りあいを始めたですね。

佐和子　急に変なことを思い出さないで下さい（笑）。

北　普通なら、客がいる時なら、帰るまで我慢するとか、隣の部屋でやるとかするでしょうけど、僕の目の前で本当に口から泡飛ばして罵りあっていました。ああ、「瞬間湯沸かし器」の血が出たと思った（笑）。

佐和子　大変失礼しました。血だな、阿川家の血のせいです（笑）。話題を変えましょう。エー、一九八九年頃、遠藤さんがホストの対談シリーズがあって、私をアシスタントにって声を掛けてくださったんです。今思えば貴重な仕事で、本当にいい経験だったんですが、当時は割にいい加減な気持で引き受けて。そこに北さんが一度ゲストでいらして、ちょうど躁《そう》が終わるくらいの時期でした。躁の時期に無茶苦茶をしたから、奥様がお小遣いをくださらない、何々をしたらダメとか禁止事項もいっぱいあるんだ、と。

北　株やなんかでお金を遣い果たしましたからね。

佐和子　だから「今はもう一日千円しか持たせてもらえんのです。僕は不幸です」という北さんに、遠藤さんが「北君、気の毒になあ。今日は何でも好きなもの食べなさい」。北さん、「いえいえ僕は」とか仰有りながら、小声で私に「北京《ペキン》ダックが食べたい」。「遠藤さん、北さんが北京ダックが食べたいと仰有っています」「そうかそうか、じゃ北京ダック頼もう」。そしたらまた私に小声で「紹興酒が飲みたい」「遠藤さん、北さんが紹興酒を飲みたいと」「そうか、そうか」(笑)。北さんが何かを召し上がって少しむせた時も、遠藤さんが「佐和子ちゃん、北君の背中をさすってあげなさい」とか、遊び半分にしても本当にお優しくて。父もそうですけど、どうも北さんのことはいじめちゃいけない、という暗黙の了解があるんじゃないかと(笑)。

北　僕は総じてからかわれることが多かったですね。イタズラ電話もしょっちゅうでした。軽井沢でカレーライス屋にいたら、変な外国人のなまりのある日本語で「ワタシ、アナタトにゅーよーくデ会ッタナントカデシュ。コンドにほんニキマシタ」。あとで思ったら、どんな外国人でも、その時僕がカレーライス屋にいることを知っているわけはない(笑)。その上、不幸なことに、ニューヨークで奥さんが日本人の神父さんと会ったことを思い出しちゃったんです。「あの時の神父様ですか」「ソウデスソウデス」「いまどちらですか、電話番号を」。それで向うが言った番号は、僕の軽井沢の山小屋の電話番号だったんだけど、僕、自分の番号を覚えてませんから必死でメモしてたら、「あはは、おれだよ」。

弘之　ニセ電話ならぬニセ花束というのもあったね。遠藤は女優に対する強いアコガレがあったでしょう？　あいつの町田の家で便所に行くと短冊《たんざく》があって、「岡田茉莉《まり》子《こ》さんがお使いになったお手洗いです。皆さん謹んでお使い下さい」と書いてある（笑）。遠藤がどこかの石段で転んで怪我《けが》したことがあって、その快気祝いの名目であいつの家で呑もうとなった話もある。僕とか三浦とか何人かが集まったんだ。そしたら、遠藤家の女中さんが「これが届きました」って「今日はおめでとうございます松坂慶子」という花束を持ってきた。僕は女優さんのこと、名前もよくわからないしさ、「松坂慶子って誰だっけ？　どんな人？」。そしたら三浦も「誰だっけ？」（笑）。

佐和子　騙《だま》しがいのない人たち（笑）。

弘之　あとで聞いたら、佐藤愛子さんに頼んで、花を松坂慶子の名前で届けてもらったらしいんだ。佐藤愛子が「手数料幾ら寄越すか」って言ったというんだけどね（笑）。おれたち女優に関心のうすい客の前では、何にもならなかったね、あれは。

佐和子　でもその後、遠藤さん主宰の素人《しろうと》劇団の「樹座《きざ》」で、本物の松坂慶子さんに演出をお願いしたんですよね。

弘之　「樹座」はある意味で大したものだよ。恒例のラインダンスのフィナーレがすんだ後、楽屋を覗《のぞ》いたら、中高年の到底美人とは言いがたいレオタード姿の女性たちが「また来年ね」なんて本当に感激して泣いてるんだ。あれはいいことしてるなあと思ったけど、やっぱり遠藤がいないと続かないね。

佐和子　北さんは何度か「樹座」の舞台に立たれてますよね。

北　一度は鬱《うつ》病でしたから、立っているだけであとは何もしなくていい石像の役でしたが、最初はハムレットをやったんですよ。一つだけ取柄があって、芥川比呂志《あくたがわひろし》さんがパンフレットに「史上最年長のハムレット役者」と書いてくれました（笑）。「樹座」はご存じの通り、衣裳《いしょう》だけ立派で、みんな下手糞《へたくそ》の極みのような劇団でしたから安心してたんですが、稽古場《けいこば》で遠藤さんにいじめられて……。

佐和子　「おれより目立つな」と言われたんでしたっけ？

北　はい。遠藤さんがハムレットの父親、先王の亡霊役です。僕が稽古場で真面目《まじめ》に朗読したり、台詞《せりふ》を暗記していると、「座長のおれより目立つつもりだな」とか言って、僕のとなりで陰々滅々と自分の台詞を唱えだすんです。それでも僕は必死で覚えたんですけど、芝居というのは相手役の台詞も覚えなきゃいけないということをうっかり失念しておりまして、いつ自分の台詞を言えばいいのかわからなくなって、舞台は混乱したです（笑）。

弘之　僕は「樹座」に一度だけ出た。その前文士劇にも出ろという誘いはあったけど、

「海軍士官の制服着させてくれるなら出る」と言ったら、お呼びがかからなくなった。そしたら遠藤が「海軍士官の制服でええから一度『樹座』に出ろ」というので出たよ。「蝶々夫人」で、最後は悲劇で幕が下りるよね。その後、ステージの幕の前へ海軍士官姿の僕が、軍艦旗を先頭に立てて出て行ってね、「毛唐に惚《ほ》れるからああいうことになるんだ。おれたちと遊んでいればよかったのに」と言って、「勇敢なる水兵」を歌った。それ一回。

佐和子　私、それ見てない（笑）。

弘之　見てなくて結構。しかし言っちゃ悪いけれど、「樹座」も、みんながだんだん上手になってツマラなくなったね。なにせ「演《や》る者天国観《み》る者地獄」がキャッチフレーズなんだから、下手でいてくれないと（笑）。上手な歌や演技がお望みなら、本物の芝居見ればいいんだもの。下手で音痴で大根足が揃《そろ》っているからこそ、面白いんだよね。

佐和子　遠藤さんも同じことを仰有ってましたよ。「樹座」の問題はみんなが上手くなってきちゃうことだって。だから、とにかく下手な人をスカウトしなければいけないって（笑）。しかし遠藤さんは、バクチこそなさらないけど、趣味は多くていらっしゃいました。

北　ソーシャル・ダンスに僕も駆りだされたことがあります。

弘之　碁もやってたね。「宇宙棋院」とか称して。

北　僕は碁には誘われませんでした。最後は魔術団に誘われたんです。「引田天功か誰かに習って、君が団長になってくれ。シルクハットをかぶると格好いいぞ」なんて。でも、これは実現しなかったです。

弘之　ああ、魔術とか、妖怪《ようかい》変化の類《たぐ》いが好きだったね。

佐和子　妖怪変化って？

弘之　口から真珠が出るとかね。そんなの、こっちから言わせればインチキに決まってるのに。

佐和子　それは本当に信じていらっしゃるんじゃなくて、遊んでらっしゃるんでしょう？

弘之　割に信じるところもあったぜ。お前のお母さんにだって、「奥さん、阿川の悪影響で霊魂の存在を信じとらんのやろう。おれが死んだらな、すぐ奥さんの枕元《もくらもと》に立ったるから。よう拝んでくれ」みたいなこと言ってた。

佐和子　それはカソリックの信仰とは、どう繋《つな》がっているのかしら。

弘之　うーん、それは他の人に訊《き》いてくれよ。今日ここへ来る前、この話を女房に確認したら、「ええ、私、今でも遠藤さんの夢を見ます」って言うんだ。夢は誰だって見るよね。枕元に霊魂が立つのとは別だろう（笑）。

佐和子　安岡章太郎さんや矢代静一《やしろせいいち》さんは、遠藤さんが代父になってクリスチャンになられましたよね？　北さんや父さんは誘われなかったのですか？

北　僕はついぞ誘って貰《もら》えませんでしたね。こんなやつが入ったらカソリックが迷惑すると思ったんじゃないかしら。

弘之　僕は誘われた。「おまえ、本当にアカが嫌いなんか」と言うんだ。「ああ、左翼は大っ嫌いだ」「そんなら世界で一番大きな反共組織は何か知っとるか。カソリックやで。お前入れ」（笑）。

佐和子　凄《すご》い勧誘（笑）。

弘之　それとこれとは話が別で、そりゃ駄目だと断った。だけど、矢代静一さんが入信した時かな、受洗式のあった教会から一歩外に出るや、代父を務めた遠藤が立会人三浦に「ひっひっひ、また莫迦《ばか》が一匹釣れた」と言ったそうだからね（笑）。ま、遠藤を喜ばせるだけの器量がなかったね、無信心の僕には。

北　しかし……遠藤さんがいなかったら、僕の人生はずいぶん寂しかったでしょうね。

弘之　うん、遠藤がいてくれて色々楽しいことはあったよな。

同席の北夫人　家にあったので、懐《なつ》かしい写真を持ってきました。これ、昭和五十年に、阿川先生と遠藤先生とうちの主人とでヨーロッパへ講演旅行に行かれた時の写真です。

弘之　ああ、これは講談社とＪＡＬの肝煎《きもい》りの講演旅行だったな。

佐和子　お父ちゃん、口髭《くちひげ》生やしてる。

弘之　生やしてた頃があったんだよ。もう三十一年前になるか。

佐和子　すると五十四歳ですか。よかった、今の私よりかろうじて年上で（笑）。

弘之　遠藤は三つ下だから五十一か。マンボウはまだ四十代だったんだね。

北　僕は講演が苦手な上に鬱病だったので、一度は断ろうとしたら、「おれたちが何とかしてやるから」と口説いて下さったんですよ。そしたら赤軍派のデモか何かで、講演が少なくて済んだ、というのを覚えてます。

弘之　ああ、パリの講演だったか中止になったね。あの頃、過激派に大使館が狙《ねら》われてて、講演も大使館協賛だったかで、危ないと言われてね。

佐和子　遠藤さんがスチュワーデスさんに「すみません、ここにいる北杜夫というのは、突然変な言葉を発します。それは『神様！』と『助けてくれ！』と『愛してるゥ』の三語です。だから急にこの男がこの三語を叫んでもビックリしないで下さい」と言われたというのはこの時のことですか。
北　この時かもしれません。あの頃は結構口走っていました。よく独り言を言ってたんです。
弘之　そう、夜中に突然、「愛してるゥ」なんて言われて気持ち悪かったよ。
佐和子　それは鬱だったからですか？
北　いや、あまり関係なく……。
北夫人　エレベーターの中で、他に大勢乗っていても、「助けてくれー」なんて言いますからね。私、他人のふりしてました（笑）。
北　阿川さんは、今も毎日おいしいものを求めてらっしゃいますか？
佐和子　ハイ。
弘之　そんなことないだろう。この頃、質素に

質素に暮らしている。

北　ヨーロッパに着いたと思ったら、お一人で「ベトナム、ベトナム」って連呼して、ベトナム料理を食べに行っちゃったですね。

弘之　パリでね。パリはベトナム料理のうまいのがあるから。

北　それから、どこかへ一人で汽車旅行にも行っちゃったですね。

弘之　そう、トゥールーズまで。

佐和子　時々父だけ単独行動するんですか？

弘之　いや、単独でなくていいんだが、フランスの汽車に乗りたいと思ってた。トゥールーズ行きのきれいな特急があってね。それが朝七時何分発で、片道飛行機にすれば夕方帰ってこられるからと誘ったら、即座に「いや、僕はホテルで一日ごろごろしてたいです」とマンボウに断られた。

佐和子　遠藤さんは誘わなかった？

弘之　遠藤には「トゥールーズ？　カソリックの寺でも観に行くんか？　汽車に乗るだけ？　アホらし。そんなもん誰が行くか」。ケンもホロロに断られたね。数日後、あれはブリュッセルからパリへ戻る時か、これには全員列車に乗らなくてはならないスケジュールになってるから遠藤もマンボウも乗った。遠藤は好奇心旺盛《おうせい》で、汽車に乗ってしまえば、いろいろ訊いてくるんだよ。でもマンボウは鬱状態だし、何も言わず窓の外を眺めて実につまらなさそうにしている。「やっぱり面白くない？」「そんなことありません。僕の尊敬するトーマス・マンも汽車旅行が好きでした」。マンが何とかっていう短篇を書いてますって、教えてくれた。

北　えーと、「アイゼンバーンウングリュック」（鉄道事故）。

弘之　「だから僕も好きです。楽しいです」と言うんだ。「だったらトゥールーズ行きを誘った時、一緒に来ればよかったのに」って訊いたら、「あれは、阿川さんみたいな変な人と二人で汽車に乗ったら、さぞ疲れるだろうと思ったからです」と言われた。

北　あれ、僕がそんな失礼なことを言いました

か（笑）。あのヨーロッパの汽車の中で、阿川さんが熱心にトーマス・クックの時刻表を見ていたのを覚えています。

弘之　あの頃、まだ丸善でもトーマス・クックがなかなか手に入らなかったんじゃないかな。

北　おかしかったのは、どこそこ発の特急とあと何分後にすれ違う、とものすごく楽しみにされるんです。

佐和子　それ、好きなんです。

北　「そろそろ来るぞ。おかしいな、なかなか来ない。あ、来た、来た……ほら、やっぱりすれ違うでしょう」って。

弘之　僕たちの乗ったパリ行きの汽車と上り下り一対のようになってる、パリ発ブリュッセル行きの特急があるんです。それとすれ違うのでね。

北　それは、すれ違いますよね。

弘之　なかなかすれ違わないのでおかしいなと思ってたら、やっとすれ違った。そしたら躁のマンボウがゆっくりした口調で「阿川さん、僕は汽車がすれ違ってもすれ違わなくても、大したことはないような気がするんですが」と言われてね。参ったね。あれは一種の名言でしたよ。

北　阿川さんが熱心に記録つけて、あとパリまで何分だとか教えてくれました。

弘之　線路脇《わき》にキロ・ポストというものがあるからね。車窓からそれを見て、秒針ではかって計算したら、速度と大体の到着時間はわかりますよ。

北　はあ。

佐和子　北さん、また「大したことじゃない」と思ってませんか(笑)。

弘之　話が戻るようだけど、今年は吉行も十三回忌の会があって、遠藤の没後十年の会があった。両方とも会費払ってスピーチさせられて、「自分の時は何もやらないことに決めてるんだから損だ」って新潮社の係りの人に言ったんだけどね。

佐和子　父は私が中学ぐらいの頃から、「おれが死んだら何もやるな。いいかお前ら、よく聞いとけ。葬式も何もなし、香典も貰うな」って言うから、「わかっております。何もやりません。一切、やりません」ときっぱり答えると機嫌が悪くなるんですよ(笑)。

北　少しは、やって貰いたいんですかね。

佐和子　何もやりませんから、ハイ。

弘之　志賀先生の時も、遺族が後々応対に追われてきりがつかないこと考えたら、何もやらないというわけにはいかんだろうって、結局無宗教のお葬式だけは出したんだけどね。ほんとはどこにも知らせないというのが一番いい。それも難しいなら、佐和子がお兄ちゃんと相談してよろしく頼むよ。

佐和子　お香典だけ頂いていいかしら（笑）。

弘之　お返しが面倒くさいぜ。

北　僕も、自分が死んでも花も要らない、香典も要らない、と言ってたんです。そしたら由香（ご長女の斎藤由香さん）が「パパ、弔意を示したい人は何かしないと気が済まないんだから、お香典貰ったら？」「いや、要らない」「いいえ、お香典出したい人はそれで気が済むんだから。貢《みつ》ぎ物出したい人からは、貢ぎ物貰ってもいいんだから」って。それで「香典返しはなしでいいわ」（笑）。

弘之　彼女、チャッカリしてるな（笑）。

北　さらに、「貢ぎ物さらによし。花は食べられないから貰わない」（笑）。

佐和子　北さんに「週刊文春」の対談にお出で頂いたあとで、北さんがご馳走《ちそう》して下さることになって、その時、由香ちゃんもいらしたんです。由香ちゃんが「聞いて下さい、パパが躁病の時に家族がどれだけ大変だったかという話を」って、躁病の北さんがいかにヒドかったか、面白い話をバーッと立て続けにされた。北さんも「それは……」と口を挟もうとされるのだけど、由香ちゃんの喋る勢いが凄かったから、「北さんの仰有りたいことは、由香ちゃんの話が終わってから伺います」。それでようやく「北さん、何か言い分はおありですか」って伺うと、「ほとんど由香の言うとおりですが、僕はいま、由香が躁病になったのではないかと心配になりました」（笑）。

弘之　それこそ血筋だね（笑）。

北　僕も、それが怖いんです。

弘之　由香ちゃん、鬱っぽくはならないの？

北　ならないですね。万年躁病も困ります（笑）。

佐和子　うちは怒りっぽい血筋で。遠藤家はどうなってるんだろう、龍之介さん（ご長男）は。

弘之　テレビ局で偉くなってるんだろう？

佐和子　広報部長さんです。社内で有名な嘘《うそ》つきだったり、ニセ電話をする人になってたら面白いけど、そんなことはなさそうです。立派な方ですよ。

弘之　ところで、マンボウ家のお孫さん、何年生になった？

北　高校生でしょう。野球やってます。

弘之　もう、高校生？　由香ちゃんとこもお子さん一人なの？

北夫人　阿川家と違って、うちは途絶えていいんだってよく申してます。

北　第三の新人のみなさんは大体一人っ子ですね。遠藤さん、吉行さん、安岡さん、三浦さんと曽野さん。阿川家はお子さんが四人もいらして、一番華やかですね。

弘之　吉行はともかく、カソリックの連中が子供を一人しか作らないのはおかしいんだけどね。うちは僕が五十過ぎてから末っ子ができたもんだから、吉行が遠藤に「お前、飲む打つ買う産む、というの知っとるか」と悪口を言った（笑）。

佐和子　北さん、もうお腰がだいぶ痛くていらっしゃるんでしょう？　今日はこのくらいで——どうもありがとうございました。

弘之　おや、おれに対しては礼を言わないのか？

佐和子　私が言うの？

北　どうもありがとうございました（笑）。

（「小説新潮」平成十八年十二月号）

あとがき――著者より読者へ――

今年（平成二十五年）一月二十六日、安岡章太郎が亡《な》くなつた。享年《きようねん》九十二。ただし、遺族がその訃《ふ》を一旦《いつたん》伏せようとしたらしく、報道関係者その他一般に知れわたるのは、数日あとになる。

ちやうどその頃、新潮社出版部の楠瀬啓之《くすのせひろゆき》さんが、私の入居先（病院と称する老人介護施設）へ尋ねてみえた。何の為の来訪だつたかは順を追うて記すとして、「その頃」と曖昧《あいまい》な書き方をしてゐるのは、私の記憶が曖昧だからである。

安岡と私は同じ大正九年の生れ、したがつて年齢も、私が只今現在満九十二歳、彼が、生涯を終つた時、既述の通りやはり九十二歳。此《こ》の年になつてみると、同年輩の知友、誰が亡くならうと、涙滂沱《ぼうだ》といふほど激しい悲しみに落ち込んだりはしない。今回と逆の場合を想定して、例へば私が一と足先にあの世へ去つて行き、安岡が此の世に留まつてゐたら、何か不都合が生じるか。地球上の全生物がたどる道程を、我々両人も、大自然の法則にしたがつて、ほぼ同じたどり方をしたといふ一つの事例に過ぎないのではあるまいか。

在り来《きた》りの悔み言を口にする気は無いし、昔正岡子規が、かういふ場合「談笑平生の如《ごと》くあるべし」と言つたのに同感だし、心の平静さを大体保つてゐるつもりであつた。それが実際は、予想以上の強いショックを受けてゐたらしい。旧友の死を最初誰に教へられたのか。時間が経《た》つにつれて、記憶があやふやになつて来る。楠瀬氏来着より前にテレビのニュースで知つたやうな気もするし、楠瀬氏と対話中、新聞社からの問合せ電話に一度出たやうにも思ふ。それとも全く別の日のことだつたか。考へれば考へるほど、頭の中を掻《か》き廻される感じで、前後関係がはつきりしなくなる。

構はないといふなら、分らなくとも構はないのだけれど、これで(安岡が逝《い》つて了《しま》つて)、友と呼べる同世代作家のうち心身健全に生き永らへてゐる者は、三浦朱門以外一人もゐなくなつた。それを思ふとやはり心に乱れが生じるらしかつた。それより、差し当つての問題は、楠瀬氏御来訪の主目的、これは分つてゐる。今度出してもらふ私の新しい著書についての打ち合せである。娘を介して、近く一遍お邪魔したいとの伝言が入つてゐた。

此の人の肩書は「出版部文芸第三編集部副編集長」、名刺でそれを眺めてゐるだけでは見当がつかないが、大変な読書家のやうであつた。六年前に完結した私の全集(新潮社刊)全二十冊はもとより、商社の小さなPR誌に寄せた短い随想のやうなも

のまで、丹念に眼を通してゐるらしく、

「発表誌をご覧になりたければ、大宅壮一文庫に現物がありますからコピーを取つて来ます」

と言つて私を驚かせた。筆を絶つてすでに三年、ほぼ完全に沈黙を守つてゐる非現役作家の担当を、敢《あへ》て買つて出た楠瀬副編集長が語る出版企画の概略は、次の如く了承したい。

お若かつた時代の著述はともかく、比較的近年書かれた文章の中に、何らかの理由で全集に入れるのを避けたと思はれるもの、入れてもよかつたのだがつい入れそびれたもの、全集には入つてゐるけれど単行本未収載の為、全集のその巻を持ち合せてないと読めなくなつてゐるものと、三つの区別が見出《みいだ》せます。短篇小説三作、書評・随筆類約二十篇、対談記録三、四本、それをゲラ刷にして持参しますから、あらためて全部読んで、捨てるものは捨てる、残すものは残すと、文字通りの取捨選択作業をお願ひしたい。こちらでもやりますが、さうやつて照らし合せて作り上げた一冊は、高齢の著者が色んな角度から描いた自画像に近い珍しい文集で、必ずや世間の注目を惹《ひ》くと信じてをります。題名も大切ですが、それはまあ、短篇の題一つ借りて、『鮨《すし》そのほか』とでもして置けば、一応それでいいのではないでせうか。

楠瀬氏の言ひ分を聞いて私は、氏の御要望通り、読み直しをすることに決めたけれど、晩年の私には、世間の注目を浴びたいといふ名誉心、浴びて見せるといふ自負心、それの保有量が極めて少い。めんどくささが先に立つ。かと言つて、無視されていいわけのものではなく、再校の段階あたりで、充分な加筆校訂が必要になるだらうなと思つてゐた。それもしかし、面白くしようとの下心があつては不可、文章が必ず通俗味を帯びて来る。平凡な老境を迎へてゐる私にとつて、中々むつかしいところであつた。

其処《そこ》へ今どき、二千五百年昔の「聖人」が顔を出しては唐突過ぎるかも知れないが、「仁」を為政者にとつて最高の道徳律と思ひ定め、きびしく道を説きながら諸国めぐり歩いた孔子様は、日常生活に関する限り、自由にのどかに、暮しを楽しむが良しと考へてゐた人である。「楽シンデ以《モツ》テ憂《ウレ》ヒヲ忘レ」とか、「コレヲ好ム者ハコレヲ楽シム者ニ如《シ》カズ」とか、その種の御発言が「論語」の中あちこちにちりばめてある。

文字で描いた私の自画像『鮨そのほか』が完成して、本屋に並んで、買ひ求めた客の一人が偶《たまたま》と孔子と似た感想を洩《も》らしてゐると知つたら、私と雖《いへど》もどれほど嬉《うれ》しく感じるか。

「記述が淡々としてゐるので読みやすく、味はひが深く、楽しみながら読み了《を》へました。楽しむのは良いことですね。平素の不平不満、勤め先での不愉快なんか忘れてましたよ」

むろんこれは、筆者が、語る方と聞く方と一人二た役演じたとしての作り話だから、反対されたらされても仕方がない。

「名誉心が乏しいと称しながら、結局著者の自画自讃《じさん》ぢやないですか。見通しとしても甘いと思ふ」

御叱《しか》り尤《もつと》もなれど、此処《ここ》でもし楠瀬さんの意見を求めたら、

「甘くありません。いいんです」

とストレートに私を支持して下さりさうな気がする。

架空の応酬は此のへんで打ち止めにして、話を安岡章太郎に戻す。彼の死と私の新著刊行案との間に、因果関係は全く存在しないけれど、何しろ彼は頑固で独断的で、奇想天外な発想をすることがちよいちよいあり、一度言ひ出したら自説の論点はすべて正しく、疑問や批判はめつたに容認しなかつた。亡き芥川比呂志さんが、安岡原作の一幕物を芝居にするに際し、自分流の新しい演出法を認めさせようと、その説明にかかつたら、安岡は全面的不賛成、「うーん、しかし、うーん」と唸《うな》りつづけで、理解もせず妥協もせず、とんでもない長電話になつたといふ思ひ出話を、安岡全集の月

報に書いてゐる。

芥川さんとは彼、それでもずつと親しくしてゐたやうだが、私との間柄は、双方カッとなり易《やす》い性格だつたせゐもあつて、一時期気まづくなつた経験がある。にも拘《かかは》らず、文集の出版と無関係な老友に、此の「あとがき」の中へ繰返し登場してもらふのは、人と人との縁の不思議さを感ずるがゆゑである。

初めに書いた通り、私は一月下旬のある同じ日、――楠瀬さんの脳裡《のうり》では、「別の日です、別の日」といふ声がしてゐるらしいが、私は依然同日説、同じ日の時刻もほぼ同じ時刻、新著発刊決定の内報と安岡の訃報と、謂《い》はば好ましい知らせと好ましからざる知らせとを二つ、重ねて受け取つた。単なる偶然とは思へない。何者かが密《ひそ》かな縁結びをするのだと思ふ。

今後、私は命の尽きせぬ限り終生、『鮨そのほか』を手にする度、安岡のことをある感慨こめて思ひ出すだらう。さういふミステリアスな縁故関係が出来上つてしまつたらしい。

大体、仲が少々険悪だつた時期も含めて、ゴリ（ゴリラの略。光子夫人の命名と伝へられる安岡のニックネーム）のゴリらしい変つた人柄、ゴリラを偲《しの》ばせる風貌《ふうぼう》姿勢に、私は一種奇妙な親近感を抱いてゐた。入居中の介護施設に、読書以外楽しみの種はあまり無いので、友人たちのものを始め自分で選んであれやこれや乱読してゐるうち、一つ気づいたことがある。それは、安岡の作品の中に「質屋の女房」や「海辺の光景」ほど名高くはないけれど、後世へ残すに足る佳品が幾つも見付かるといふ事実。これを読む楽しみは、出来るだけ多くの人に分ちたい。自分の好みの押売りのやうになるけど、同世代作家（殆《ほとん》ど故人）の中でもとりわけ安岡章太郎。皆さんもし、私のものを気楽に読んで下さつたのなら、その余勢を駆つて安岡をどうぞ。横になつて読みたい高齢者には軽い文庫本あり、余計なお節介ながら、各社の「文庫解説総目録」の著者名索引「や」の欄をさがすことをお奨《すす》めする。さう言ひたかつた。

「あとがき」の最後は謝辞。活字本のさばけにくい時世に、九十過ぎた書かない作家を担当し、我が晩年の労作のうちましなものだけ選び抜いて世に問はうと提案してくれた楠瀬副編集長を始め、文芸第三編集部の編集長、出版部の協力スタッフ各位に衷心より御礼を申し上げる。校了ゲラをきれいに組上げてくれた新潮社の校閲係、装丁家、印刷所精興社の担当職員諸氏にも深く感謝する。

此の一冊はおそらく、七十年近い我が文筆生活を締め括《くく》る最後の一冊となるだらう。私個人に取つては遺品なみのものなので、安岡家の遺族二人にも届けたい。ついては、文章のかたちが定まるまで、削つたり加へたり、辞句を色々いぢつてみたが、結果は半ば、安岡章太郎悼語録の趣を呈するに到《いた》つてゐた。一部に安岡色が濃過ぎるわけだが、自然にさうなつたのだから止《や》むを得ないと思つた。安岡に対する我が内奥《ないおう》の親近感、人の縁の不可思議なからみ合ひに関しては、遺族のみならず読者の大多数がすでに納得してゐるはずのことだから、「最後」に次ぐ最後は一と言、本論と本論でないものとをごつちやにした断りを述べて、『鮨そのほか』の一節々々、遺漏の有無をきちんとチェックの上、順に頁《ページ》を閉ぢて、全篇「完」といふことにしようと思ふ。

阿川弘之

平成二十五年二月末日

阿川弘之について思い出すこと

三浦朱門

阿川と最初に口をきいたのは、昭和二十七年の五月の末だったと思う。当時「現在の会」というのがあって、阿川も私もその一員であった。この会は、私のように、原稿料はもらいはじめていたものの、文筆では生活していけない者たちが主なメンバーだった。この会の出す雑誌は、原稿料はない代わり、作品を発表するのに費用がかからないのが、私にとっては魅力だった。

この話が来たのは二月ごろで、行ってみると、名前だけは活字で見ているが、文筆業としては新人という人たちばかりだった。

私に声をかけてくれた庄野潤三は、私の旧制高校以来の親友で一緒に同人雑誌をやっていた、阪田寛夫の小学校の先輩である。もっとも彼らの小学校、帝塚山学園の運営者が、庄野の父親であり、阪田の父は学園のスポンサーの一人だった。

庄野は阿川と同じく、戦時中海軍士官だったせいか、阿川と知り合いであった。私は「現在の会」のメンバーになったのである。

この年のメーデーの時、デモに参加した者たちは、例年通り皇居前広場に集まって、改めて気勢を挙げて解散しようとしたが、警察は皇居前広場を使うことを禁じた。しかし日比谷公園まで来たデモ隊の一部は、広場の警官隊に旗などを持って突撃した。それはそれでいいとしても、その後の「現在の会」では、その時の武勇伝を誇らしげに発言する者が相次いだ。その時、手を挙げて立ち上がったのが阿川であった。

彼の意見は、これは文学の集まりであって、政治集会でないのに、なぜこんなことばかり問題にしているのか、というのであった。私はそれに共感を覚えたが、阿川の発言に批判的な意見が相次いだ。結局、会場にいる百人ばかりの者が一人一人立って、阿川に賛成か反対かを決めることになった。阿川派は数が少なく、阿川の他に庄野潤三、島尾敏雄くらいのものであった。私も数少ない阿川派の一人として立ち上がっていた。一人、色白でケンカの弱そうな男が中腰で立ちあがり、

「私は吉行淳之介と言いますが、この会のメンバーではなくて、オブザーバーとしてやって来たのです。オブザーバー、つまり吉原で言うヒヤカシというやつですが」

どこで知り合ったのかわからないが、吉行は庄野と旧知の仲であった。テレビ以前の時代だったが、ラジオだけの朝日放送で、番組のプロデューサーをしていた庄野は、何かと口実をつけては上京して文学活動をしていた。そういった時、彼が寝泊まりしていたのが吉行の家だったのだ。

結局、阿川の賛同者はその会をやめることになって、当時、雑誌会館というのがお茶の水にあって、そのホールが会場だったが、夜の九時頃お茶の水界隈《かいわい》に出されたところで、行くところもなければすることもない。

その時、吉行が言った。

「よし、じゃあオレの家に行こう」

それで市ヶ谷にあった吉行の家にタクシーで行くことにした。メンバーは阿川、庄野、島尾、私、そして吉行だった。吉行はタクシーの運転手に道を教えるために、助手席に乗った。当時のタクシーは今日の軽自動車なみだったから、吉行が乗れば、前の席は誰も乗れない。そして後の席は四人が乗ることになった。阿川、庄野、島尾が並んで座り、私は一番若輩ということもあって、三人の膝の上に、横になった。助手席の吉行の言葉でタクシーを降りたのが市ヶ谷の駅であることは確かだった。

吉行が皆の金を集めてタクシー代の精算をしている時に他の四人は初夏の闇の中に立っていた。何となく手持ち無沙汰だったので、何か会話せねばならない。私はそばにいた阿川に、

「今、何を書いていらっしゃるんですか」

すると、阿川は答えた。

「うーん、サンデー毎日でね」

はてな、サンデー毎日に阿川の連載があったかな、首をひねりかけたが、これは毎日がサンデー、つまり何もしていない、ということだとわかった。そのために、六歳近い差があるのに、私はこの先輩との間の隔たりが一挙に消滅するのを感じた。

この時、吉行の家に集まった五人が、結果的には第三の新人の原型となる。阿川は、第三の新人の中では「現在の会」のころ既に筆一本で暮らしていた。そうは言っても、ジャーナリズムに出たての新人にとっては、文筆で生活していくのは難しい時代だった。そんなことからこの五人は時折吉行の家に集まって、文学の話とか、自分の作品が評論家にボロクソに言われたことなどをこぼしあうようになった。

だから阿川とは、昭和二十七年の初夏以来のつきあいということになる。阿川は、世に出たのは、私たちより数年早かったが、どちらかというと不遇であった。第三の新人という以上、第一の新人、第二の新人がいるはずである。誰もそのことを言わないが、私の判断では、第一の新人というのは、戦時中すでに細々とではあっても原稿料をもらえる生活をしていた人たち、太宰治とか織田作之助がそれに当たる。

第二の新人というのは、野間宏や中村真一郎たちで、このグループは敗戦直後に出たこともあって、時代の風潮を作品の中に残していた。たとえば野間のように、プロレタリア文学的な者、また中村のように第二次大戦後のヨーロッパの新しい文学思潮を反映する者たちである。

阿川は年齢からいっても、処女作とも言うべき『年々歳々』を発表したのが、昭和二十一年、敗戦の翌年だったから、当然第二の新人の中に入るべきである。

ただ、阿川は第二の新人のようなイデオロギーも、新しい文学思潮の影響を思わせるものもなかった。その点、第三の新人の面々は政治意識がないし、自分の文学を語るのに、たとえばサルトルの名前を使ったりすることもなかった。従って、一部の評論家からは、無思想であるが故に、すぐ消滅するなどと言われたものだった。その点阿川もノン・イデオロギーだし、新しい文学理論についてエッセイを書くこともなかったから、世に出た時代や年齢こそ第二の新人ではあったが、彼らの一員であるとは誰も考えなかった。

その点、第三の新人は無思想、無理論であったから、阿川はいつの間にか第三の新人の仲間にされてしまったのである。いわば彼は落第して、私たちのクラスに入って来たようなものだ。吉行は阿川に対して彼なりの親しみを覚えていたのであろう。ある時、私が吉行の家に行くと、彼は嬉しそうに私に言った。

「おい、阿川のトコロにまた子供が生まれるのだとさ。これで四人目だぜ。世の中には、飲む、打つ、買うの三道楽という言葉があるが、あいつの場合、生むという道楽があるんだ」

いずれにせよ、阿川は同業者の中ではカタイ生活をしていて、銀座のバーで大変なお金を払うような生活はしなかった。ただ、彼が普通にサラリーマンになれないとしたら、その怒りやすさであったかも知れない。私たちは何かというと、そんなこと言ってみろ、阿川が怒るぞ、と言ったものである。彼の怒りやすさ、激しい性格をおさえて、普通の人間関係を保つことへの欲求不満が、彼を創作に向かわせた要素の一つであろう。それだからこそ、彼の文章は端正で行き届いたものであったのだと、私は考えている。

小説を書くという人たちの心の底には外界とは一致し得ないものがあって、その欲求不満が創作に向かわせるのである。阿川は保守反動の代表者のように言われることもあったが、彼は戦前の社会にもうまく対応して、学歴は東大卒だし、軍隊に入れば大尉にまで昇進した。戦後はいち早く新進作家として作品を発表したが、その裏には戦中の社会にも、戦後の風潮にも釈然としないものがあって、それが彼の創作の意欲を形作っていたのだと、私は考える。

私はたまに彼に会って、世相を嘆いたり、一群の作家たちを批判するのを聞くのが楽しみだった。話を聞くのが吉行だと、わざと阿川を苛立たせるようなことを言って、彼の表情や言葉をサカナに酒をすすることになる。阿川のそういう気質、そしてそれを文章にするという面は、娘の佐和子が見事に受け継いでいる。その佐和子さんも、既に相当な年であろう。

しかし阿川が死んだ今、戦時中のことを語り、書く者がまた一人消えてしまったという喪失感を私は覚えている。ある時代を語るには、歴史学者の文章だけでは不十分である。その時代を生き、その時代を描写した芸術家たちが存在して、後世の者がその作品を理解するなら、その時代の光と影を知ることができるのだ。その意味で、阿川の存在は貴重なものである。たとえ阿川の肉体は消えても、その作品は残っている。

人は戦争というのは如何に悲惨なものかということばかり強調するが、その時代を生きた者にとっては、たとえ厳しい戦争の最中にあっても、真冬に北風の来ない日溜まりで温かさを味わえるような場、というものがあったはずだ。阿川の作品は戦時中をテーマにしても、戦後をテーマにしても、誠実に生きて、それなりに時代に適応しながらも、その時代の光と影、ぬくもりと厳しさを書いている、という印象を私は感じている。

従って、阿川は亡くなったけれども、その作品は後世の人が読み、味わい、戦中戦後の日本というものを味わってほしいと思う。

この原稿の注文を受けた時、阿川はまだ健在であった。それが追悼文のようにならざるを得なかったことを、私は悲しく思う。

（平成二十七年八月、作家）

この作品は平成二十五年四月新潮社より刊行された。

鮨《すし》 そのほか

新潮文庫 あ－3－19

平成二十七年九月一日発行

著者 阿《あ》川《がは》弘《ひろ》之《ゆき》

発行者 佐藤隆信

発行所 株式会社新潮社

郵便番号 一六二―八七一一
東京都新宿区矢来町七一
電話 編集部(〇三)三二六六―五四四〇
読者係(〇三)三二六六―五一一一
http://www.shinchosha.co.jp

価格はカバーに表示してあります。

乱丁・落丁本は、ご面倒ですが小社読者係宛ご送付ください。送料小社負担にてお取替えいたします。

印刷・株式会社精興社　製本・加藤製本株式会社

ISBN978-4-10-111019-6 C0193